괜찮은 하루

'일주일'이라는 인생의 축소판을 걷는 15인의 기록

괜찮은 하루

'일주일'이라는 인생의 축소판을 걷는 15인의 기록

도서출판담다

괜찮은 하루

버티고 견뎌 낸 일주일의 기록

함께 쓴 사람들

강소영
글짱
김소율
김병민
김희영
깊은별
마음
박성주
박지윤
여원
이재아
장현주
최이정
허서진
희원

프롤로그

삶은 결국, 일주일의 반복일지도 모른다

하루를 산다는 건, 거창한 일이 아니다. 누구에게도 자랑할 수 없는 작은 감정 하나, 말하지 못한 속마음 하나, 혼자 삼켜 낸 눈물 몇 방울. 그런 것들이 모여 오늘 하루가 되고, 그렇게 이어진 시간이 결국 일주일, 한 계절, 그리고 한 생을 만든다. 『괜찮은 하루』는 그런 하루를 붙잡아 보려는 시도에서 시작되었다.

　매주 돌아오는 월요일,
　고개를 떨군 채 조심스레 시작하는 아침.
　조금은 익숙해졌지만, 여전히 어딘가 몸이 무거운 화요일,
　지금 나는 어디쯤 와 있는 걸까.
　잠시 멈춰 되돌아보게 되는 수요일.
　그래도 곁에 누군가가 있다는 사실에
　조금은 안도하게 되는 목요일.
　힘껏 나 사신을 인이 주고 싶은 금요일.

하고 싶은 일을 마음껏 해 보고 싶은 토요일.
그리고 새로운 날을 준비하며,
가만히 숨을 고르는 일요일.

『괜찮은 하루』는 이런 일주일의 감정을 따라 걷는 책
이다. 누군가에게는 버텨야만 했던 날, 또 누군가에게
는 무너지지 않기 위해 애쓴 하루였을 그 '오늘'의 감정
을 기록했다. 월요일이라는 단어 속에 담긴 긴장과 책
임, 수요일의 흔들림, 일요일의 복잡한 숨결까지 모든
시간을 그저 흘려보낸 날이 아니라, '분명히 살아낸 하
루'로 얘기하고 싶었다.

무엇보다 이번 책이 특별한 이유는 담다 출판사를 통해
개인 에세이로 독자와 만나 왔던 작가들이 한데 모여
완성한 공동 에세이라는 점이다.
'일주일의 감정'이라는 주제 아래 각 요일의 정서에 맞

춰 감정의 온도, 기억의 밀도, 삶의 리듬을 세심하게 채워 넣기 위해 작가들은 그 어느 때보다 정성을 기울였다. 누군가에게는 월요일이 가장 무거울 것이고, 또 누군가에게는 토요일이 가장 쓸쓸할지도 모른다. 그럼에도 불구하고 우리는 말하고 싶다. 좋은 시절이 오기를 기다리는 대신 '괜찮은 하루'를 만들어 가는 쪽을 선택하자고.

이 책의 목차는 요일이지만, 그 안을 채우고 있는 건 결국 '사람'이다. 그 사람들의 말, 마음, 고백과 다짐, 불안과 희망. 그러한 감정의 뒤에서 오늘을 잘 살아내기 위해 누구보다 애썼을 당신에게 응원을 보낸다. 『괜찮은 하루』가 당신의 요일 어딘가에 잠시 머무르며 다정함과 온기를 전하기를 희망해 본다.

기록디자이너 윤슬

괜찮은 하루

월
요
일

책임이라는 단어

월요일 아침 7시. 계속 울리는 알람에 떠지지 않는 눈을 억지로 떠 본다. 힘겹게 눈을 뜨고는 일어나라고 큰 소리를 외치며 아이들을 깨운다. 주말에는 새벽같이 일어나 노는 아이들이 월요일만 되면 이불 속에서 빠져나오질 않는다. 혹여나 학교에 늦을까 봐 부랴부랴 부산스럽게 움직인다.

"일어나! 일어나라고! 얼른 씻어!"

다그치는 소리에 부스스한 머리를 하고 화장실로 향하는 큰아들.
작은아들은 모른 척 이불을 덮고 다시 눈을 감는다. 아침이면 컨디션이 좋지 않은 작은아들에게 다가가 살

살 달래며 일어나라고 소곤댄다.

부랴부랴 씻고 나가는 첫째와 느릿느릿하게 일어나 준비하는 둘째. 여태껏 아이들을 키우면서도 적응되지 않는 것이 있다. 바로 일찍 일어나는 것. 주말에 느긋하게 늦장 부리다가 등교 시간에 맞춰 보내야 하는 게 제일 스트레스다. 그냥 알아서 가면 좋겠는데. 웬일로 밥을 먹는다길래 급하게 국을 끓여 먹이고 물통을 챙겨주니 그제야 아이들이 학교로 향한다. 문을 나서는 아이들을 배웅하고 나면 비로소 몸에 긴장이 풀린다. 고개를 돌리자 눈에 들어오는 건 싱크대에 한가득 쌓인 설거짓거리, 지저분한 식탁, 이곳저곳 흩어져 있는 옷가지와 젖은 수건들.

"아휴, 언제 다 치우나."

한숨처럼 말을 내뱉곤 나도 모르게 다시 침대에 누워버린다. 휴대전화로 일정을 확인하며 아침부터 해야 할 일들이 되새긴다.

'통장에서 급식비 이체하고, 보험료 나갈 돈 확인해 봐야겠네.'

이런저런 생각을 하는 중에 휴대전화 문자 알림이 울린다.

생필품을 할인한다는 마트 문자, 학교에서 오는 알림 문자, 보험료 안내부터 가스비 알림 문자까지. 잠깐 사이에 쏟아지는 알림에 외면하듯 지그시 눈을 감는다.

'잠깐이라도 쉬자. 너무 피곤하다.'

오전 11시, 맞춰 둔 알람에 화들짝 놀라 눈을 뜬다. 그 사이 휴대전화에는 문자가 주르륵 가득 쌓여 있다.

"후유."

학년이 올라가 학원 수업료가 인상된다는 문자에 한숨이 절로 나온다. 남편과 열심히 벌고 있는 것 같긴 한데 아이들이 클수록 매달 나가는 지출도 점점 커져만 간다. 한 번씩 아이들이 가기 싫다고 학원을 빠질 때마다 어르고 달래 보내고 나면 진이 쭉 빠진다. 공부가 아이에게 맞지 않다면 그냥 보내지 말아야 하나? 그래도 어느 정도는 알아야 무시는 안 당하고 살 텐데. 수많은 생각이 몇 년째 떠나지 않는다. 하지만 늘 결론은 배우게 하자는 것.

이거라도 해야 아이가 조금 더 편하게 살 수 있을 거라 생각하기 때문이다. 어쩌면 내 마음 편하자고 보내는 것일지도 모른다. 며칠 전 학원 선생님한테 연락받은 일이 떠오른다. 자가 학습이 되지 않아서 학원에 보내는데, 학원 숙제조차 번번이 안 해 온다는 선생님의 말을 듣고 아이들에게 있는 대로 소리치며 화를 냈다.

"힘들게 돈 벌어서 학원 보내면 뭐 해! 제대로 안 하는데! 그냥 다 집어치워! 기본적인 숙제도 안 하고 뭐 하는 짓이야!"

소리치며 화를 내자 아이들은 기죽은 듯 조용히 방으로 향했다. 그리고 나는 내 무능력함에 화가 났다. 내가 더 신경 쓰고 더 교육에 관심을 가졌더라면 이런 일이 일어났을까? 화기애애하던 집안 분위기는 순식간에 싸해지고 조용해졌다. 화내고 나서는 괜한 미안함에 안방에 들어와 조용히 휴대전화를 보았다. 그때 영상 하나가 눈에 들어왔다.

"왜 아이에게 상처 주는 말을 할까요? 부모는 아이의 문제를 고쳐 주고 싶어 해요. 그럴 때 따끔하게 아주 강력하게 말해서 정신을 바짝 차리게 하면 바뀔 거라고 생각해요. 채찍질하면 더 열심히 할 거라고 생각해요. 이것이 바로 부모의 착각입니다."

"사랑에 대한 기본적인 믿음과 신뢰가 견고하지 않은 상태에서 상처가 되는 말을 많이 하면 자식 처지에서는 공격이에요. 대부분 부모가 하는 모든 말과 행동은 자식을 사랑하는 데서 출발해요. 그런데 문제는 이것이 상당히 일방적이라는 거죠. 이런 방식은 자식이 편안하고 건강하게 성장하는 과정을 돕지 못합니다."

이 말이 가슴에 콕 박혔다. 밀려오는 미안함과 내가 좋은 부모가 아니라는 사실에 한숨이 절로 나왔다. 그렇게 주말이 지나고 맞이한 월요일. 아이들을 보내고 잠시 눈을 붙이고 거실로 나오니 어수선한 옷들과 지저분한 식탁, 겹겹이 쌓인 설거짓거리, 한가득 쌓여 있는 빨래가 눈앞에 있다. 잡생각을 없애기 위해 머리를 질끈 묶고 바쁘게 움직이기 시작한다. 가족이 아무도 없는 시간에 치우는 것이 그나마 편하다. 바닥에 널브러진 옷들을 치우고, 청소기를 돌리고, 설거지하고, 식탁과 싱크대를 정리한다. 모른 척 편하게 쉬려 해도 자꾸만 치워야 하는 것들이 눈에 보여 움직이게 된다.

'어차피 치워도 좀 있으면 또 어지럽힐 텐데.'
아무리 치워도 얼마 안 가 아이들이 다시 어지럽힐 것을 생각하면 머리가 지끈거린다.
'어지르면 또 치우지 뭐.'
집을 정리하고 부랴부랴 옷을 갈아입고 차 키를 챙겨 집을 나선다. 고기가 없으면 밥을 먹지 않는 아이들을 위해 정육점으로 향한다.

"삼겹살 만 원어치 주세요."

거기에 돼지 앞다릿살, 대패 삼겹살, 등뼈까지 사고 나니 4만 원이 훌쩍 넘는다. 흘쭉하던 장바구니가 금새 뚱뚱해진다. 채소와 간장 양념을 사서 집에 오자마자 장바구니를 펼쳐 정리한다. 가장 먼저 먹을 등뼈를 삶고, 나머지 고기들을 냉장고에 넣고 나니 왠지 모르게 마음이 놓인다.

"엄마, 집에 먹을 게 없어."

며칠 전, 큰아들이 한 말이 귓가에 계속 맴돌았다. 야간 근무를 마친 뒤 피곤하다고 뻗어 버리면, 조용히 라면을 먹거나 볶음밥으로 끼니를 해결하는 아이들. 피곤하다는 이유로 며칠을 그렇게 보내다 보니 냉장고가 어느새 텅 비었나 보다.

주말에 아이들에게 화냈던 일이 내내 마음에 걸렸다. 먹을 것도 제대로 챙겨 주지 못한 미안함과 엄마로서의 자책감. 주말에 화를 내고, 학교 가는 첫날인 월요일에도 짜증 낸 것에 대한 미안함이 몰려왔다. 등뼈를 삶고 간장 양념을 하는 데 작은아들이 집에 왔다. 아들의 인기척에 손이 바빠지기 시작한다.

"엄마! 무슨 냄새야? 맛있는 냄새가 나는데?"
"간장등뼈찜. 배고프지? 조금만 기다려. 맛있게 해 줄게."
"알았어! 빨리 먹고 싶다!"

아침 일은 생각도 나지 않는 듯 환하게 웃으며 품에 ."
"알았어! 빨리 먹고 싶다!"

아침 일은 생각도 나지 않는 듯 환하게 웃으며 품에 안기는 작은아들의 모습에 절로 웃음이 나왔다. 콧노래를 부르며 씻으러 가는 아들의 엉덩이가 실룩거린다.

분명 아까만 해도 답답함과 짜증이 치밀었는데 아들의 신나는 모습을 보니 절로 기분이 좋아진다. 잠시 후 도착한 큰아들도 좋아하는 요리라며 한 입 먼저 먹고 싶단다. 고기 한 점 떼어 먹여 주자 맛있다고 엄지를 추켜세운다. 찰기 넘치는 따뜻한 밥에 등뼈찜을 내자 아이들이 맛있게 먹는다.

"엄마, 진짜 맛있어!"
"엄마가 해 주는 밥이 제일 맛있어!"

맛있다며 한 공기 더 달라는 말에 벌떡 일어나 밥을 푼다. 이렇게 잘 먹이고 싶어서, 하고 싶다는 것 해 주고 싶어서 돈을 버는데 숙제 안 했다고 버럭버럭 소리지른 것이 미안했다. 어쩌면 아이들을 위한답시고 강요하기만 했다는 생각이 들었다. 아이가 아플 땐 무조건 건강하기만을 빌고, 아이가 학교에 잘 다니는 것만 해도 감사하다고 생각했는데, 날이 갈수록 아이를 위한다는 핑계로 내가 원하는 것을 강요했다는 사실을 깨달았다. 정작 일한다는 핑계로 아이들을 못 챙긴 건 난데.

'아이를 제대로 키우고 있는 게 맞을까?'

여러 가지 생각에 마음이 착잡해진다. 맛있게 밥을 먹으며 행복해하는 아이들을 보니 불쑥 자란 티가 난다. 언제 이렇게 컸을까. 젖살 가득했던 얼굴이 갸름해지고 부쩍 어른 티가 나기 시작했다. 늘 내가 따라다니며 챙겨야 한다고 생각했는데, 아이들이 어느새 훌쩍 자라 있다. 밥을 먹고, 스스로 숙제하고, 학원에 가는 아이들 모습에 다시금 마음이 콕콕 아려 온다. 굳이 내가 말하지 않아도 숙제하는 아이들의 모습이 생소하다. 나는 왜 아이들 말을 들어 볼 생각을 하지 않았을까? 혹시나 무슨 사정이 있었나? 여태 신경도 쓰지 않으면서 왜 화만 냈을까?

부모로서 올바르게 행동하지 못했다는 생각이 들었다. 그저 학원 보내고 밥 먹이는 것으로 부모 역할을 다

한다고 생각한 걸까? 온갖 생각이 머릿속을 어지럽게 만들었지만, 결국 내 불안이 아이들을 다그쳤다는 것을 깨닫게 되었다. 아이가 선택할 수 있는 길을 알려 주고 기다려 줘야 하는데, 내 생각에만 급급한 나머지 화를 냈다. 아이들이 무슨 생각을 하는지는 제대로 보지 못한 것이었다.

하지만 늦었다고 생각할 때가 가장 빠른 때라고 하지 않던가. 그 말을 되새기며 몰려오는 죄책감을 지우고 내가 부모로서 해야 할 일들을 부지런히 적어 본다. 작은 목소리로 메모에 쓴 내용을 읽고 나니 마음이 한결 가벼워진다. 책임이라는 단어가 얼마나 무거운 것인지 다시 되새긴다. 그리고 조금은 가벼워진 마음으로 천천히 식탁을 정리한다.

'여보! 오늘 애들이 알아서 숙제했어. 너무 기특해!'

남편에게 잔망스러운 이모티콘과 함께 메시지를 보내

고 아이들이 벗어 놓은 양말과 옷가지를 정리한다. 아침부터 저녁까지 반복되는 일이지만, 내가 반복함으로써 집이 깨끗해지고 아이들이 웃는 모습에 절로 기운이 난다. 아이들이 깨끗한 환경에서 잘 자는 것 또한 내가 할 일이자 책임이니까. 아이들이 할 일을 스스로 책임지며 하는 모습을 보니 기특하다. 저렇게 할 일을 알아서 하는데 내가 보지 못한 것뿐이다. 아이들을 믿고 나도 내가 할 일을 해 보자고 생각한다.

주말에 한껏 늘어졌다가 일찍 기상해야 하는 월요일이 너무 힘들었지만, 우리 가족이 한 주를 시작하는 첫날이란 생각에 월요일이 다르게 느껴진다. 각자 주어진 일을 시작하는 월요일. 학교에 가고 숙제와 공부를 하는 아이들, 꿋꿋하게 출근해 가장의 책임을 지는 남편. 모두 각자의 자리에서 노력하고 있다는 사실을 깨닫는다. 나도 내가 할 일을 지긋지긋하게 느끼기보다 우리 가족의 행복을 위해 움직여야지.

늘 버겁기만 했던 월요일인데, 오늘은 다르게 느껴진다. 반복되는 일상을 유지하는 것 또한 다 같이 만드는 것. 이번 주를 위해 장을 보고, 음식을 하고, 반찬을 만들고, 내일을 위해 잠드는 저녁.

한 주를 시작하는 월요일. 기분 좋게 시작한 것 같아 기분이 좋아진다. 무엇보다 아이들이 웃음을 되찾은 월요일이라 더 행복하다.

엄마라는 무게

"일어나."

"5분 더 잘 거야."

"5분 지났다"

"5분만⋯."

"벌써 7시 30분이야."

월요일 아침이면 깨우려는 나와 깨지 않으려는 큰아이의 실랑이가 유난히 길어진다. 이렇게 실랑이할 시간에 침대를 박차고 나오면 좋으련만, 내 마음 같지 않은 큰아이는 여전히 '5분만'을 반복하며 이불 속으로 파고들기만 한다.

"그러게, 어제 일찍 자라니까! 월요일 아침부터 이래

야겠어?"

　엄마인 나의 냉소적인 잔소리가 시작되고서야 큰아이는 이불에서 겨우 벗어나 욕실로 들어선다. 몇 발짝 안 되는 걸음을 옮기는 짧은 순간에 온갖 짜증을 온몸으로 표출하는 큰아이. 쏴아. 샤워기에서 물 쏟아지는 소리가 욕실 밖으로 나오고서야 아침 전쟁의 서막이 마무리된다.

　전날 밤 11시 퇴근에도 쉽게 잠들지 못하고 뒤척이다가 새벽 2시를 넘어가는 시곗바늘을 보고 화들짝 놀란 내 마음도 차츰 불안을 잠재운다. 혼자일 때 마주한 새벽달이라면 이렇게 불안하지 않았을 텐데. 엄마가 되고 난 뒤 짙은 어둠을 넘어가는 푸르스름한 새벽달은 단 몇 시간 뒤 아이를 깨워야 하는 엄마인 나에게 두려움에 대상이 된 지 오래다. 그 무서움이 얼마나 큰지 야간 근무로 녹초가 된 몸뚱이가 아무것도 하지 않고 침대에 늘어지고 싶어 안달해도, 나 때문에 큰아이가 학교에 가지 못하면 어쩌나 하는 걱정을 빙자한 두려움이 고집스럽게 감기는 눈꺼풀을 더 억척스럽게 뜨게 만든다.

피로에 찌든 나 자신보다 큰아이의 오늘을 지켜내기 위해 나는 이토록 안달하는데, 큰아이는 단잠을 깨웠다고 세상 미운 얼굴로 귓가에 박히는 짜증을 낸다. 엄마도 사람인데 표독한 말을 들으면서까지 아이를 깨우는 일에 최선을 다해야 하는지 회의감이 몰려와 휘청이는 날은 얼굴이 구겨지는 싫은 날이다.

"지각하든, 학교를 엉망으로 다니든, 졸업을 못 하든 너 알아서 해."

상처 난 마음에 엄마이길 포기하고 싶다는 말이 목구멍까지 치밀어 오를 때마다 한숨으로 삼켜 내기가 한두 번이 아니다.

깨지 않으려는 큰아이를 이불 밖으로 꺼내 씻기고, 짜증이 가득 담긴 아이 입에 빵을 집어넣고, 가방에 물통을 챙겨 주고, 등을 두드리며 잘 다녀오라고 인사하기까지. 매일 아침에 치르는 등원 전쟁이 아이의 하루를 망치지 않도록 엄마의 간절함을 현관문을 나서는 큰아이 등에 포개어 보낸다.

"에휴, 조금만 더 참을걸."
삼켜 낸 한숨이 모자라 토해 낸 말이 현관문을 벗어나지 못하고 돌아온다.
나도 저맘때 엄마의 잔소리와 등짝 스매싱 없이는 아침에 일어나기 힘들지 않았던가. 아침잠 깨기 힘들어하는 큰아이 마음을 누구보다 잘 알면서도 아이가 늦잠 자다가 지각하는 게 내 불찰 같고, 아이 인생에 소홀한 엄마가 되는 것 같아 차가운 잔소리로 아침을 깨울 수밖에 없다. 엄마의 애잔함과 고단함을 피할 수 없는 무거운 의무가 축 늘어지는 어깨를 짓누른다.

언제쯤 큰아이는 아침에 스스로 일어날까.
언제쯤 우리 아침에 냉소가 빠질까.

매일 아침 치르는 등원 전쟁은 엄마라는 무게가 매번 발목을 잡고 주저앉기만을 기다리는 덫 같다. 걸리기만 해라, 무너지기만 해라. 치를 떨면서도 무사히 현관을 벗어나는 큰아이 뒷모습을 보면 오늘도 엄마의 책임을 다했다는 안도감 섞인 탄식이 터져 나와 다행이다. 반복되는 모순에 나는 울고, 웃는다.

만약 엄마가 아니었다면 매번 울고 웃는 아침을 다행으로 느꼈을까? 늘어지는 잠을 견뎌 낼 수 있었을까? 어느새 나는 우리 집에서 가장 일찍 깨어나 가장 분주하게 아침을 시작하는 엄마가 되어 '엄마인 나 때문에 그럴 수 없지'라며 두려움을 끌어안는 게 당연한 사람이 되었다.

마치 처음부터 엄마였던 것처럼.

마치 가슴 가득 채워진 모성애가 당연한 것처럼.

어쩌면 엄마라는 단어 앞에 붙는 '강인함'이라는 수식어는 두려움을 끌어안는 일을 두려워하지 않기에 붙여진 게 아닐까.

소란이 멈춘 아침, 엄마의 무게를 짊어지고 다행과 당연함 사이에서 갈팡질팡하며 잘 버틴 나를 조용히 격려한다. 현관문이 닫히고 띠리릭 도어락 잠기는 소리가 나면 어깨를 짓누르던 엄마의 무게도 잠시 내려놓는다.

흔들리지만 다시 걷는 월요일

　사업은 완전히 실패했다.

　월요일 아침, 눈을 뜨는 일부터가 부담이었다. 알람보다 먼저 울린 것은 휴대폰 진동이었다. 오전 9시 12분, 카드 결제 실패 안내. 9시 18분, 대출 이자 자동이체 미처리. 9시 23분, 거래처에서 온 '입금 언제 가능하실까요?' 문자. 부엌으로 나가 전기포트를 켜고 커피를 내렸지만, 잡다한 계산을 하다 보니 어느새 커피는 식어 있었다. 우편함에 끼워진 대출금 독촉장을 꺼내 들고 한숨을 쉬는 순간, 택배 기사님한테서 전화가 왔다. 반송된 등기물이었다.

　카드 잔액이 부족해 마트 단말기가 빨간 불을 켰던 지난주 월요일, 그때의 신호음이 귓가에서 다시 울렸다.

스무 해의 서울 생활을 정리하고 내려온 고향에서, 나는 또다시 처음이었다.

돈을 벌겠다고 4년간 뛰었지만, 늘 통장은 비어 있었고 머릿속은 가득 차 있었다. 고향이니 쉬울 줄 알았고, 가족이 있으니 덜 외로울 줄 알았다. 그 생각이 얼마나 안이했는지는 월요일 아침마다 또렷하게 확인되었다. 이곳에서도 나는 밑바닥부터였다.

마지막으로 붙잡은 건 가장 오래 해 온 일, 심리상담과 테라피였다.

'이건 실패하지 않겠지.' 그런 마음이 깔려 있었다. 그러나 반년쯤 지나자 마음속 경고음이 커졌다.

'이대로 가면 무너진다. 숫자가 버텨 주지 못하겠다.'

다시 서울로 올라가야 할까, 여기서 끝까지 버텨야 할까. 두 선택지 사이에서 흔들리던 어느 날, 나와 비슷한 고민을 하는 내담자가 찾아왔다. 결혼 후 부산으로 내려와 5년을 버텼지만 여전히 자리 잡지 못했다는 이야기. 그녀는 말을 마치고 웃으며 물었다.

"선생님, 그래도 돈 벌려면 서울이 낫겠죠?"

그 말이 내 귓가에 울렸다. 나는 지금 어디에 서 있을 까? 여기에서 얼마나 버틸 수 있을까? 되돌아가면 다시 살 수 있을까? 서울은 나에게 여전히 기회일까, 아니면 끝난 챕터일까? 월요일 아침마다 이 질문이 떠올랐다. 커피를 내리면서도, 컴퓨터를 켜면서도, 상담 일정표를 보면서도 심장이 약간 빨리 뛰었다.

그래도 '이미 내려왔는데 어떻게 다시 올라가겠어'라 는 생각이 나를 붙들었다. 이왕 내려왔으니 여기서 정 착하자고 스스로 설득했다. 하지만 시간은 그런 타협을 받아 주지 않았다. 일주일마다 돌아오는 대출 원리금, 매달 빠져나가는 고정비, 줄지 않는 지출 내역. 일을 할 수록 책임의 숫자는 더 또렷해졌다. '열심히 한다'라는 말이 아무런 방패가 되어 주지 않는다는 걸 뼈저리게 알게 되었다. 몸이 먼저 신호를 보냈다. 허리를 끊는 듯

한 통증, 일어나기도 힘든 상태. 병원에서 들은 말은 간단했다.

"허리협착증입니다. 2주간은 무리하시면 안 됩니다."

'무리하지 말라'는 말은 사실상 '당장 멈추라'는 뜻이었다. 머리는 계속 앞으로 가야 한다고 소리치는데, 몸은 더 이상 못 가겠다고 선언하고 있었다.

그즈음, 친한 지인의 부고를 받았다. 사업을 크게 하다가 실패했다는 이야기와 함께. 머릿속이 하얗게 비었다. 실패가 끝이 아니기를, 어떻게든 버텨 주길 바랐던 사람인데. 그 소식을 들은 월요일 아침, '나도 같은 선위에 있는 사람'이라는 사실이 무겁게 내려앉았다.

'아, 더 이상 내가 할 수 있는 게 없구나.' '애써도 안 되는구나. 애쓰다가 아프면 다 끝나는구나.'

그날 이후, 잠에서 깨어나는 일이 가장 두려웠다. 2주 동안 거의 움직이지 못했다. 그 시간은 회복이 아니라

'정지'에 가까웠다. 할 수 있는 건 숨 고르기뿐. 걱정이 올라오면 숨이 가빠졌고, 숨이 가빠지면 통증이 더 심해졌다. 머릿속엔 '해야 할 일'과 '못 하고 있는 일'이 뒤엉켰다. 이상하게도, 그 정지의 시간 동안 밀린 일들이 부분부분 해결되기도 했다. 하지만 안도보다 더 큰 책임감이 뒤따랐다.

'몸이 회복되면, 이제 정말 뭔가를 바꿔야 한다.'

월요일이 다가올수록 그 압박감은 더 크게 느껴졌다. 몸이 조금 나아지자 가장 먼저 한 일은 주변 정리였다. 쓰지 않는 물건부터 치웠다. 눈에 보이는 것부터 비우지 않으면 머릿속도 비워지지 않을 것 같았다. 그제야 비로소 문장 하나가 또렷하게 떠올랐다.

사업은 완전히 실패했다. 미련 섞인 변명을 붙이지 않고 이 사실을 인정해야 했다. 경험과 노하우만 믿고 세상이 나를 알아줄 거라는 기대는 착각이었다. 세상은 너무 빨리 변했고, 나는 내 기준과 방식 속에 갇혀 있었다. 실패의 원인을 적다가 어느 순간 펜이 멈췄다. 왜 실패했는지 설명하는 일은 점점 더 무의미해졌다. 원인을 계속 파고들수록 '돌아갈 곳이 없다'는 두려움만 커졌다. 숫자가 말해 주는 건 단순했다. '지금 방식으로는 더 이상 버틸 수 없다'는 현실. 그래서 방향을 바꾸기로 했다.

'왜 실패했을까?'에서 '어떻게 다시 일어설까?'로.

질문 하나를 바꾸는 데도 시간이 필요했다. 실패를 분석하기보다 내일 아침에 무엇을 할 수 있을지 떠올리는 연습을 다시 시작해야 했다. 아주 기본적인 것부터 배웠다. 마케팅의 언어, 광고의 구조, 사람들이 반응하는 방식. 상담실 안의 언어와 세상 밖의 언어는 다르다는 것을 인정해야 했다. 알고 있다고 생각했던 것들을 '모른다'로 놓고 다시 공부했다. 초보자로 돌아가는 일에는 자존심 문제가 걸려 있었지만, 더는 자존심을 지킬 여유가 없었다.

생각이 막히면 몸을 움직였다. 책상을 치우고, 바닥을

닦고, 창문을 열었다. 허리가 아프면 잠시 눕고, 괜찮아지면 짧게 산책했다. 그 사이사이 떠오르는 아이디어는 메모장에 흘려 적었다. 대부분은 월요일이 되면 소용없어지거나 빛이 바랬지만, 그중 몇 개는 다음 주를 버티게 해 주는 작은 실마리가 되었다. 겉으로 보기에는 달라진 게 없어 보였지만, 내 안에서는 '이대로는 안 된다'라는 긴장이 계속 작동하고 있었다.

남편과의 대화도 달라졌다. 위로를 기대하기보다 숫자를 놓고 이야기했다. 앞으로 몇 달을 버틸 수 있을지, 무엇을 줄이고 무엇을 지켜야 할지. 주변 사람들의 실패담과 회복담도 다르게 들렸다. 남의 이야기가 아니라 '내가 다음 차례일 수도 있는 이야기'로 다가왔다. 그럴수록 월요일은 한 주의 시작이라기보다 일주일짜리 시험지처럼 느껴졌다.

이제 나는 안다. '넘어지지 않는 삶'이 목표가 아니라는 것을. 현실에서 필요한 건, 넘어지지 않는 기술이 아

니라 넘어졌을 때 다시 판단하고 다시 일어서는 감각이
다. 월요일의 긴장, 떨림, 책임, 두려움은 사라지지 않
는다. 다만 그 감정들과 함께 걸을 수 있는 체력과 시야
가 조금씩 생겨날 뿐이다.

　오늘도 월요일이다. 숫자는 여전히 부담스럽고, 계획
은 여전히 불완전하다. 그래도 나는 안다. 한 줄의 계
획, 한 사람과의 대화, 한 걸음의 행동이 이번 주를 버
티게 할 힘이 된다는 것을. 거창한 다짐 대신 이 세 가
지를 지키는 월요일이면 충분하다. 긴장은 여전하지만
도망치지 않는다. 두렵지만 멈추어 서지 않는다. 그렇
게 다시 일어난다.

낯선 출발의 긴장과 떨림

월요일은 일주일을 시작하는 아침의 얼굴과도 같다. 토요일과 일요일에 휴식을 취하고 다시 출근해야 하는 첫날이기 때문이다. 대학원을 졸업하고 사회생활을 시작한 지 벌써 반년이 지났다. 이제는 익숙해질 법도 한데 월요일에는 늘 긴장과 떨림이 있다. 더는 월요일을 일요일처럼 보낼 수 없다. 방학이 있는 것도 아니다. 그러나 이 긴장은 육체적인 피로와는 별개로 두근거리는 설렘도 포함한다. 반복되는 일주일처럼 보여도 언제나 새로운 일이 삶에서 일어나고 있다.

지난겨울은 유독 춥게 느껴졌다. 서른을 앞두고 일할 곳을 찾고 있던 그 시기의 나는 마음에 여유가 없었다. 무엇을 하든 조급함과 고립감을 느꼈다. 게다가 그런 나를 안쓰럽게 여기는 주변의 값싼 위로와 동정은 나를 더 괴롭게 만들었다. 물론 나를 믿고 묵묵히 지지해 주는 사람들이 없었던 것은 아니다. 하지만 그런 지지 역시 당장에는 실체가 없는 위로처럼 느껴졌다. 눈앞에 산적한 실제적인 문제가 여전히 해결되지 않았기 때문이다. 돌이켜보면 금방 지나간 두세 달이었지만, 당시에는 영원히 끝나지 않을 어두운 터널 같았다.

나는 대학교를 졸업한 뒤 곧바로 대학원에 진학했다. 취업이 되지 않아 대학원으로 도피했다는 말을 듣지 않기 위해 이십 대 후반 대부분을 연구에 집중했다. 그러는 한편 시간을 쪼개 작가가 되겠다는 오랜 꿈도 포기하지 않았다. 그렇게 2024년 8월에 박사학위를 받으며 졸업했고, 같은 해 9월 첫 소설도 출간했다. 젊은 사람 특유의 패기가 있었고, 뒤를 돌아보지도 않았다. 문제는 이 단기간의 목표가 모두 이루어졌을 때였다. 어떤 것도 확정된 것이 없었고, 그 미래는 장밋빛보다는 먹구름에 가까웠다. 기나긴 숙취가 예상되었다.

둘 중 하나만 이루어도 성공이라고 생각했던 일을 모두 해냈다. 하지만 마음은 어딘가 모르게 계속 답답했다. 이제 시작이라는 생각에 불안했던 것일까. 주변 사람들이 마치 큰일을 끝낸 사람처럼 대하는 것에서 괴리감을 느꼈던 것일까. 분명한 것은 지금 내게 쉴 시간 따위는 없다고 느낀 것이었다. 빨리 뒤쫓아가야 한다는 생각이 머릿속에 가득했다. 나를 제외한 오랜 친구들은 이미 수년씩 사회생활을 하고 있었다. 그들과의 격차가 객관적으로 보이기 시작했다.

대학원에 입학하는 순간부터 이렇게 될 것을 예상하지 못했던 것은 아니었다. 하지만 막상 그 현실을 마주하니 이 세상이 내가 생각했던 것 이상으로 냉혹한 세계라는 것을 깨달았다. 더는 학생이라는 이름으로 나를 보호할 수 없었다. 툭 까놓고 말해 이제는 스스로 경제활동을 해야 했다. 그러나 무엇으로? 학위를 받았다고 갑자기 대학교수가 된다는 것은 환상이다.

소설을 썼다고 갑자기 베스트셀러 작가가 된다는 것

은 환상이다. 모든 바람이 환상과도 같았다. 비현실적인 희망에 의존하는 것 같았고, 희박한 가능성에 매달리는 내 모습이 보였다. 그 모습이 너무 보기 싫어 어떻게든 평정심을 유지하려고 애썼다.

'다른 사람들은 어떻게 살고 있을까?'

계속해서 연구하고 싶었지만, 그것으로 생계를 유지할 수 있을 만큼 내가 대단한 것 같지는 않았다. 계속해서 소설을 쓰고 싶었지만, 아무도 나를 인정해 주지 않는 곳에서 시간만 허비할 것 같았다. 많은 생각과 고민이 나를 짓눌렀다. 고민이 언제나 선택을 주저하게 만들었다. 나를 초합리적인 바보로 만들었다. 아무것도 할 수 없을 것만 같았다. 그렇게 해가 바뀌고 2월이 되었다. 하지만 생각을 멈추자, 뜻밖에도 길이 보이기 시작했다.

설 연휴 기간에 친구들과 소주 한잔할 때였다. 대학생 시절 아르바이트를 했던 학원의 원장 선생님에게 전화가 왔다. 다름이 아니라 인근 학원에서 수학 선생님을 급하게 구하고 있는데, 생각이 나서 연락했다는 것이다. 술을 마신 까닭인지, 찬밥 더운밥 가릴 처지가 아니었던 까닭인지 그 제안을 곧바로 수락했다. 그런데 일을 시작하자 놀라운 일이 벌어졌다. 나와 함께 일하고 싶어 하는 곳이 점점 늘어나기 시작한 것이다. 그토록 고민했던 경제적 활동이 아무렇지도 않게 갑자기 해결됐다. 떠밀리듯 들어선 곳에서 답을 찾다니, 놀라운 일이다. 마음도 한결 차분해졌다.

이젠 다시 앞으로 나아갈 차례다. 지금 나는 차기작을 준비하고 있다. 연구도 멈추지 않았다. 그리고 월요일이 되면 어김없이 수학 학원으로 출근한다.

삼십 대가 되면서 이전과는 다른 새로운 삶의 주기가 돌아왔음을 느낀다. 주말마다 휴식이란 명목으로 얼마나 많은 술을 마셨던가. 그러나 이 휴식은 얼마나 달콤하면서도 치명적인가. 숙취는 주말에 해결해야 한다.

월요일까지 끌고 오면 안 된다. 숙취를 이겨 내기 위해 골몰하면 월요일이 괴롭다. 한 주의 시작이 되어야 할 월요일이 과거의 나와 싸워 이겨야 하는 전쟁터가 되어 버린다. 숙취는 한 겨울, 일요일의 숙취로 남겨 두리라.

주말을 바라보며 한 주를 시작한다. 끝을 바라보며 시작한다. 휴식을 즐기며 휴식에 괴로워한다. 그리고 다시 월요일을 맞이한다. 하지만 분명 이전과는 다른 새로운 출발. 반복되는 삶 속에서 변화하는 삶. 월요일은 우리를 다시 삶의 터전으로 살포시 밀어 넣는다. 마치 숙취는 움직여야 깬다는 듯이.

새로운 월요일이 나를 기다리고 있다. 실패와 성공, 휴식의 양면성. 이 모든 것을 월요일에 걱정할 필요는 없다. 일단 그냥 시작해 보련다.

아직 젊으니까.

화
요
일

조금 힘 빼도 괜찮은

"힘을 좀 빼세요."

목에 통증이 온 건 한순간이었다. 밤새 몇 번이나 뒤척였고, 참기 어려운 통증에 아침 일찍 병원으로 달려갔다. 도수치료 내내 치료사는 힘을 빼라고 말했다. 나는 이미 힘을 빼고 있다고 생각했지만 아니었다.

"아니에요. 지금도 힘이 꽉 들어가 있어요."

천천히 숨을 고르고 온몸을 침대 바닥에 맡기듯 내려놓았다. 그제야 어깨와 목의 긴장이 풀리는 느낌이 들었다. 이제야 힘이 다 빠졌다고, 치료사가 웃으며 말했다.

"힘을 빼야 몸이 제자리로 돌아가요."

그 말이 이상하게 오래 남았다.

병원을 나서는데 목과 어깨가 훨씬 가뿐해지고 돌아가지 않던 목이 돌아갔다. 이제 좀 살겠다는 마음이 들었다. 건강이 먼저라는 생각에 비타민과 스트레칭 기구도 새벽 배송으로 주문했다.

'나 그동안 너무 힘주고 산 건 아닐까?'

나는 늘 긴장한 채로 살았다. 시작한 일은 끝까지 해내야 한다고 생각했고, 그 생각이 나를 계속 밀어붙였다. 일을 시작하기 전부터 긴장했고, 앞당겨 걱정하고, 놓치지 않으려고 애쓰다 보니 어깨가 늘 무거웠다.

'조금 힘들어도 다음 날이면 괜찮겠지.'

스스로 다독이며 또 달렸다. 통증이 덜한 것 같아 다시 자리에 앉자 금세 예전처럼 일에 몰두했다. 그러나 다음 날 새벽, 목이 더 심하게 아파 도저히 일어날 수 없었다. 움직임을 최소한으로 줄이고 대부분 시간을 침대에 누워 보냈다. 바닥에 굴러다니는 수건도, 떨어진 머리카락도 보이지 않는 척했다. 생각도 멈추고, 걱정도 미루고, 그냥 힘을 빼는 데 집중했다.

"엄마는 오늘 아프니까 조금 쉴게."

아이들은 알아서 조용히 방을 정리하고 서로를 챙기며 시간을 잘 보냈다. 내가 없으면 돌아가지 않을 것 같던 하루였는데, 아이들은 생각보다 잘 해냈다. 그 모습을 보고 나니 마음이 조금 느슨해졌다.

그동안 내가 할 수 있는 최선을 다해야만 일주일을 제대로 살아낼 수 있다고 생각했다.

월요일이면 한 주에 해야 할 일들로 다이어리를 채웠고, 화요일이면 힘이 살짝 빠진 듯한 내 모습에 실망하곤 했다. 그러면 다시 채찍질했다. 가만히 누워 있으니,

힘을 주는 것보다 힘을 조절하는 게 필요하겠다는 생각
이 들었다.

'그래, 건강이 최곤데. 내 리듬에 맞게 지내자.'

어느덧 밖이 어두워졌다. 무거운 몸을 이끌고 저녁을
준비하러 부엌으로 갔다. 냉장고를 열어 재료를 꺼내는
데 또 목에 통증이 느껴졌다. 싱크대 서랍을 열어 아이
들이 좋아하지만 평소에 잘 주지 않는 라면을 끓이기로
했다.

"우와, 내가 좋아하는 라면이다!"

라면 냄새를 맡은 아이들이 방에서 뛰어나왔다. 5분
만에 준비된 라면을 그릇에 담아주니, 맛있게 밥까지
말아 먹었다. 너무 잘 먹었다며 배를 두드리는 모습을
보는데 괜히 웃음이 났다.

예전엔 라면을 줄 때마다 미안한 마음이었는데, 오늘
은 그런 생각이 들지 않았다. 하루 종일 애쓴 것도 아니

고, 그렇다고 아무것도 안 한 것도 아니었다. 그냥 오늘은 오늘만큼 했다. 그리고 그만큼이면 충분하다는 마음이 들었다.

'그래, 가끔은 라면도 괜찮고 계획대로 되지 않아도 괜찮아.'

기대와 체념 사이

'어제보다 나은 오늘.'
'지난주보다 조금은 나아진 이번 주가 되길.'

일요일 밤, 나만의 기도를 올린다. 종교가 있는 건 아니지만 간절한 마음만큼은 충만하다. 계획대로 생각대로 되지 않는 인생이다. 하지만 나의 의지와 결심이 보태진다면 허투루 보내는 시간을 줄일 수 있지 않을까 하는 작은 바람 정도는 가지고 싶다. 거창한 계획 말고 한 주에 하나 정도. 안 지키는 게 더 힘든 그런 시시한 다짐.

채소 많이 먹기.
아이들의 말에 욱하지 않기.

가족에게 예쁘게 이야기하기.

하루에 5,000보 걷기.

말할 땐 상대방의 눈을 바라보자.

상대방의 말을 중간에 끊지 말자.

어디 꺼내놓기도 부끄러운 나의 다짐. 하지만 생각에서 실천으로 가는 길은 생각보다 멀었다. 지켜지지 않는 날이 쌓이면 지키지 못한 것들을 추려내어 다시 마음을 다잡는다. '아침 시간을 낭비하지 말자.' 벌써 두 번째 다짐이다. 모닝 미라클은 바라지도 않는다. 그저 시간을 허비하는 느낌이 들지 않으면 좋겠한다.

월요일 아침.

늦었다. 9시에 나가야 하는데 눈을 뜨니 9시다. 어젯밤 머리를 감아둔 게 그나마 다행이다. 세수도 대충, 눈 뜬 지 20분 만에 집을 나선다. 정신없이 시작한 아침, 그렇게 하루가 흘러간다. '아침 시간을 낭비하지 않겠다'고 결심한 지 하루도 지나지 않았는데. 거울에 비친

내 얼굴은 한심이다.

  화요일 아침.
  잠을 깨우는 휴대전화 알림. 친구의 메시지다.
  '사우나 고고!'
  눈곱도 떼지 않고 목욕 바구니를 챙긴다. 아침 시간을
낭비하지 않겠다고 했는데, 사우나 가는 건 낭비일까?
사우나에서 나오는데, 몸은 개운하지만 마음은 그렇지
못하다. 대단한 결심을 한 것도 아닌데. 한심한 나를 원
망하기도 한다.

  '아침 시간을 낭비하지 말자.'
  월요일은 이미 망쳤다. 화요일, 애매하다. 이제라도
특별한 조치가 필요하다.
  '어떡하지!'
  눈은 떴지만, 침대를 벗어날 수 없다. 습관적으로 핸
드폰을 집어와 의미 없는 검색을 하고, 배경 음악 같은
TV 속 뉴스의 음량만 키운다.

'눈 뜨면 침대에서 바로 나오기!'
작심 하루, 다시 마음을 잡아본다.

새로운 다짐으로 일요일을 마감하던 열정은, 하루 만에 김이 빠졌다. 뚜껑 연 콜라보다 빨리 빠진 탄산 같은 나의 다짐. 화요일은 그런 날이다. 작은 기대와 김빠진 현실이 교차하는 날. 더 나아가지도, 그렇다고 완전히 주저앉지도 못하는 그런 날.

하지만 다시 마음을 잡고 생각을 고쳐보면 멈춘다는 것이 포기하는 게 아니라는 걸 알게 된다. 잠시 머뭇거릴 뿐 자리를 지키는 것만으로도, 방향을 잃지 않는 것만으로도 충분히 잘 버티는 것 아닐까. 멈추었다면 잠시 숨을 고르고, 하늘 한번 쳐다보고 움직이면 된다.

조금 느려도,
조금 서툴러도,
무너지지 말자.

포기하지 말자.

화요일.

이제 겨우 월요일을 보냈을 뿐이야. 멈추지만 말자.

화요일을 위한 아브라카다브라를 외쳐본다.

모두 출근시키고 피곤함에 누워 있다가 벌떡 일어났다.

"뭔가 할 게 있었는데?"

무언가 잊어버린 느낌에 거실로 나왔다. 깔끔하게 정리된 주방과 거실을 둘러보고 아이들 방도 훑어보았다. 집안일이나 치워야 할 것은 보이지 않았다. 뭔가 찜찜한 마음으로 다시 침대에 누워 밀려오는 피곤함에 뒤척였다. 아침 일찍 할 일을 모두 처리한 나는 마음껏 여유를 즐겼다.

한참 정신없이 글을 쓰고, 야간 근무를 하고, 집안 행

사를 할 때는 모두 놓고 싶었는데 막상 할 일이 없어지
니 조바심이 일었다. 바쁜 일은 한꺼번에 몰리는 건지
혹은 내가 자꾸 일을 만든 건지 모르겠지만, 여유와 적
막이 왠지 불안했다. 바쁘게 지내던 지난날이 스쳐 갔
다. 이제는 느긋하게 즐기는 일상이 낯설면서도 무언가
해야 할 것 같은 느낌이 들었다. 느긋한 하루를 보낸 저
녁에 휴대전화가 울렸다.

"오늘 한잔할래?"

친구의 말에 콜을 외쳤다. 냉장고에 있는 맥주를 챙겨
아파트 앞 동으로 향했다. 친구 집에 들어서자 친구가
분주하게 식탁을 치웠다. 나는 냉장고에 맥주를 넣고
마주 앉았다.

"애들 밥은?"
"떡볶이 먹고 싶다길래 배달시켰어."

수다를 나누던 중 초인종이 울렸다. 옆 동에 사는 동생이 먹거리와 술을 챙긴 가방을 들고 집 안으로 들어섰다.

"언니, 저 왔어요."

동생이 자리에 앉아 맥주를 따랐다.

"캬아! 역시 이 맛이야."

짜릿하게 넘어가는 맥주 한 모금에 쌓였던 스트레스가 절로 풀리는 것 같았다. 애들 저녁은 챙겨 주었냐는 말부터 저녁 메뉴는 무엇인지 질문이 절로 나왔다. 주부 셋이 모여 저녁 메뉴 이야기, 베이킹소다와 물티슈가 주방 기름때 청소에 제격이라는 이야기나 하고 있다니. 세상에 맙소사!

"와, 우리 진짜 주부 다 됐네. 반찬 얘기에 청소 얘기나 하고 있다니."

"그러게."

"나는 오랜만에 한가했어. 그런데 뭔가 놓친 것 같은 찜찜함도 있고, 한가하니까 적응이 안 되더라."

"너 책 쓰고 야간 일하고 추석까지 보낸다고 정신없었 잖아. 이제 좀 쉴 때가 된 거지."

"맞아요, 언니. 그동안 정신없이 바쁘게 지냈잖아요. 바쁘다가 갑자기 한가해지면 그럴 수 있어요."

그 말에 정신없이 보냈던 10월이 떠올랐다. 책을 마감 하고 집안일하고 사흘마다 돌아오는 야간 근무에 명절 준비까지. 무사히 명절을 보내고 비염과 몸살을 호되게 앓았던 기억이 떠올랐다.

"그러네. 나 그 뒤에 몸살 나서 아팠잖아. 이제 좀 괜 찮아지니까, 한가한데 뭔가 하고 싶고 그래. 또 일을 만 들려나 보다. 흐흐."

"네가 일을 만드는 건 맞아. 그러지 마. "

"언니가 일을 만드는 건 맞아요. 지금 이대로를 유지해야 해요. 언니."

친구와 동생은 이구동성으로 말하며 고개를 끄덕였다. 나도 말없이 고개를 끄덕이며 동의를 표했다. 항상 무언가를 하지 않으면 불안한 탓에 이곳저곳 기웃거리고 무언가를 끊임없이 배우려 했다. 그러다가 지난해 돈을 더 벌 수 있다는 친구 말에 혹해 제대로 알아보지도 않고 보험에 뛰어들었다. 어쩌면 '나는 다 잘할 수 있어!'라는 자만심이었던 것 같다. 어려운 상황도 아니었고 하는 일도 있었는데, 겸업으로 할 수 있다는 생각에 겁 없이 뛰어들었다.

막상 보험 고객을 만나면 내가 아는 것이 없어 제대로 질문에 대답하지 못했고, 아는 것이 없으니 점점 자신감이 떨어졌다. 원래 하던 일도 제대로 시간을 들여서 해야 하는데 출근하고 와서 피곤하다며 하루 이틀을 보내다 보니 무엇하나 제대로 하지 못하고 시간만 보냈다. 보험 계약을 하고 나서도 달마다 마감하고 월초에 또 마감을 위해 뛰어야 하는 등 경쟁의 연속이었던 보험. 보험은 보험대로 안 되고, 내가 하던 일도 공백기가 길어지면서 둘 중 어느 것 하나 제대로 하지 못했다.

"나 진짜 그때 무슨 생각으로 뛰어든 걸까?"
"그때 내가 너 말린 거 기억나지? 하지 말랬잖아. 내가 해 봤는데 힘들다고."

친구의 말에 웃음을 터트렸다. 지금에야 이렇게 웃으며 말할 수 있지만, 고정적인 수입이 끊기고 보험조차 되지 않아 무소득 상태로 지내야 했던 당시에는 참으로 막막하고 고단했다. 매달 나가는 생활비와 나가야 할 돈 때문에 우울감이 최고치였다.

"맞아, 그때 네 말을 들었어야 했는데. 일은 일대로 못하고. 먹어 봐야 똥인지 된장인지 안다는 말을 그때 깨달았다. 흐흐흐."

"그렇게 말렸는데, 어이구."

"그러니까. 그때는 왜 네 말이 안 들렸을까? 그래도 나름 많이 배우고 나왔지 뭐. 그 덕에 내 보험에 대해서도 알게 되었으니까. 비싼 수업료 낸 거지. 덕분에 인복이 있다는 것도 알았고, 일자리도 구했잖아."

내 말에 두 사람 다 고개를 끄덕였다. 술잔에 맥주를 따르며 취업했을 때를 떠올렸다.

"그때 진짜 막막했다. 2교대 공장에라도 들어가려고 이리저리 알아보고 있었거든. 계속 마이너스되는 상황에서 어떡하나 막막했는데 진짜 운이 좋았어. 아니다! 인복이 좋았지. 그때 동생이 일자리 소개 안 해 줬으면 지금 어떻게 됐을지 생각만 해도 무섭다."

"다행이에요. 우리가 봐도 언니 운도 좋고 인복도 좋다고 느꼈어요. 그러니 지금 한가하다는 생각보다 지금 하는 일상을 유지한다고 생각해요."

"그래, 나는 일하면서 살림하는 것도 바쁘다. 그런데

너는 일하면서 살림도 하고 글도 쓰는데 한가하긴 뭐가
한가해. 다른 거 할 생각하지 말고, 지금처럼 지내 봐."

"그래야겠어. 할 일이 없다고 생각했는데 할 일이 많
았네. 이 일상을 유지해야겠어."

평범하게 일하며 아이를 돌보고 글을 쓰는 것. 그것만
으로도 내 삶은 풍요롭다는 것을 다시 한번 깨달았다.
2024년 섣부른 결정으로 힘들었던 지난해보다 평온한
지금에 다시금 감사함을 느꼈다.

쉽게만 보았던 보험에 무지했던 나, 주변의 말을 듣지
않고 무턱대고 뛰어든 나 자신에 대해 많이 자책했다.
욕심과 자만심을 구분하지 못했던 나의 모습. 하지만
내가 한 선택의 결과였기에 누구도 탓할 수 없었다. 둘
다 잡으려 했던 나의 욕심. 그곳의 진취적인 모습과 치
열함에 감탄하면서도 노력하지 않았던 나의 태도. 나태
했던 나의 마음.

인생에 대해 많이 안다고 생각했던 내가 그곳에서 많은 것을 배웠다. 어쩌면 앞으로 살아가는 데 있어서 경각심을 가지라는 경고였을지도 모른다. 이 일을 통해 주변 사람의 말에 귀 기울이는 태도와 알지 못하면 배우려 하는 태도가 필요하다는 것을 배웠다. 쉽게 버는 돈은 없으며, 신중하게 어떤 일이든 차근차근 배워야 한다는 것도 깨달았다. 한가로우니 무언가 일을 시작하려고 섣불리 생각지 말고 이 평온함을 즐기기로 했다.

매달 실적 압박을 받으며 마이너스가 되었던 작년을 다시 되새기며, 지금 힘겹지 않은 평온함이 얼마나 큰 복인지 다시금 깨달았다. 힘겨웠지만 인생에 대한 나의 태도를 다시 한번 돌아보는 계기가 되었던 일 년이었다. 그 힘든 시기를 견디고 오늘도 무사히 보낸 우리를 위해 잔을 들었다.

"오늘도 잘 견딘 우리를 위해 치얼스!"
"오늘 모두 고생했어요!"
"수고했어."

지친 하루에 스며든 틈

월요일의 피로가 채 가시지 않은 화요일 아침, 하루는 어김없이 같은 속도로 굴러가고 있다. 눈은 떴지만 정신은 아직 깨어나지 않은 채 부엌으로 향한다.

어제 자기 전에 아이가 뭘 해 달라고 했더라. 짭조름하게 간을 한 간장계란밥이었나, 아니면 참치와 김 가루를 팍팍 넣은 주먹밥이었나. 계란과 김이 없었다면 아이를 어떻게 키웠을까 싶어 피식 웃음이 났다. 간단하지만 정성스레 아침을 차려 준 뒤 마주 앉았다. 젓가락질 몇 번에 내 밥은 훅훅 줄어드는데, 아이 밥은 그대로다. 밥알 하나하나 음미하며 가끔은 멍도 때리며 아주 천천히 씹고 있다.

성질 급한 엄마는 한때 그 모습이 너무 답답했다. 빨

리 먹으라고 다그치고, 국에 말아 후루룩 먹여 주기도 했다. 시계를 앞에 놓고 협박도 해 봤다. 이런저런 방법을 다 써 봤지만, 아이는 자기 속도를 고집했다. 늘 천천히 흐르는 아이의 시간. 빨리빨리가 정답은 아닐 텐데, 나는 왜 그렇게 서두르기만 했을까?

  그때의 나는 나만의 시간이 간절했다. 하고 싶은 게 많은데 도무지 시간이 나질 않았다. 하지만 여유는 잠을 줄이지 않고서야 주어지지 않았다. 그래서 잠을 줄였더니 체력이 금세 바닥났다. 낮에는 졸음과 피로로 아무것도 하지 못했고, 그게 다시 짜증과 원망으로 이어졌다.

  그러던 어느 날, 그날도 식사가 끝나기를 기다리며 하염없이 앉아 있었다. 머릿속에서는 해야 할 일이 계속 떠올랐고, 시계는 느리게만 흘렀다.
  밥 차려 주는 엄마의 역할을 빨리 끝내고 나만의 시간을 갖고 싶었다. 그런 내 마음도 모른 채 굼뜨기만 한 아이의 행동이 원망스러웠다.

"엄마, 악당이 된 괴물을 제가 물리쳤어요. 저 어때
요?"

"…."

"엄마, 이것 좀 보라니까요! 저 정말 웃기죠? 키키킥."

"그러네, 정말 웃기네. 하하하."

영혼 없는 웃음을 지으며 고개를 들자, 그제야 아이의
표정이 눈에 들어왔다. 흥얼흥얼 노래를 부르며, 좋아
하는 책 속의 등장인물이 되어 있었다. 밥 한 숟가락을
오래오래 씹으며 집중하는 아이의 눈빛에는 반짝임이
있었다. 순간, 머리를 한 대 맞은 것만 같았다. 나는 늘
빨리빨리에 갇혀 살았는데, 아이는 오롯이 현재에 머물
고 있었다. 당연한 말이지만, 아이는 나를 약 올리려고
일부러 천천히 먹은 게 아니었다. 그저 내가 지금 현재
를 즐기지 못하고 있는 거였다.

그날 이후, 생각이 조금씩 달라졌다. 아이의 느린 속

도를 억지로 바꾸려 하기보다 그 시간에 내가 할 수 있는 걸 찾기로 했다. 무얼 하는 게 좋을까? 그래, 책이 좋겠다. 아이에게 적당히 모범도 되고, 내 마음을 잠시 쉬어 가게 해 줄 수 있을 것 같았다. 그날 저녁, 식탁 옆에 책 한 권을 가져다 두었다. 아이가 밥을 먹는 동안 한 페이지라도 읽자는 마음으로 책장을 펼쳤다. 처음엔 단 5분을 읽는 것도 버거웠다. 하지만 매일 하다 보니 집중하는 시간이 조금씩 늘어 갔다. 아주 작은 시도였지만, 그게 내 하루의 틈을 바꾸기 시작했다.

이제는 식사를 먼저 마치면 자연스럽게 책을 펼친다. 어제 읽다 만 페이지를 이어 읽으며 하루의 짧은 틈을 차곡차곡 모아 간다. 그렇게 시작한 독서가 어느덧 5년 차가 되었다. 그동안 읽은 책이 족히 1,000권은 넘는다. 한 달에 한 권 읽을까 말까 했는데, 쌓이는 권 수를 볼 때마다 뿌듯하다. 하지만 그보다 중요한 건, 매일 짧은 시간이라도 '나'를 만난다는 사실이다. 대단한 목표나 특별한 결심이 있었던 것은 아니다. 그저 아이를 기

다리는 5분, 집안일 사이의 10분이 아까워서 그 시간을
모았을 뿐이다. 매일 똑같던 회색빛 하루가 조금씩 옅
어져 가고 있다.

　어쩌면 삶의 변화는 이렇게 작은 틈에서 시작되는 게
아닐까. 누가 알아줄 필요도, 거창할 것도 없다. 그저
숨 한 번 고를 수 있는 짧은 순간이 지친 하루의 결을
조금씩 바꿔 놓는다. 여전히 아이의 수저질은 느리고,
나는 먼저 식사를 끝낸다. 그렇지만 예전처럼 조급하게
보내지 않는다. 그 짧은 틈 속에서 나는 조금씩, 나의
속도를 찾아가는 중이다.

수
요
일

한 주의 중턱

수요일이 되면 어김없이 드는 생각이 있다.

'언제 수요일이 됐지?'

수요일은 주말을 맞이하기 위한 1차 관문과 같다. 한 주의 중턱에 있기 때문이다. 사실 일주일을 놓고 본다면 수요일이 중턱은 아니다. 오히려 목요일이 중턱에 더 가깝다. 하지만 7일을 기준으로 삼든, 5일을 기준으로 삼든 무슨 상관이랴. 일주일 자체가 빠르게 흘러가는데 말이다. 돌아서면 새로운 수요일이 찾아온다.

사실 이 글은 몇 주 전부터 수요일마다 쓰려고 다짐했다. 그런데 눈 깜빡할 사이에 마감일이 다가와 지금은

요일에 상관없이 글을 쓰고 있다. 내일이면 벌써 또 수요일이다!

　한동안 수요일은 내게 특별한 날이었다. 4년 동안 대학원에 다니면서 운영했던 독서 모임을 대부분 수요일에 진행했기 때문이다. 나는 '빨간벽돌'이라는 독서 모임에 큰 애정이 있다.

　이십 대 초반 무렵, 고흐의 작품 〈노란 집〉에 영감을 받아 예술 공동체에 관심을 가지기 시작했다. 고등학교 친구와 글을 주고받으며 음악이나 영화에 관해 이야기를 나누었던 기억이 난다. 그 당시 나는 친구에게 이 활동에 '빨간벽돌'이라는 이름을 붙이자고 제안했다. 친구는 차라리 '붉은벽돌'이 더 나은 것 같다며 설왕설래하기도 했다.

　복학하고 나서는 대학교에서 학과 후배들과 '빨간벽돌'이라는 독서 모임을 만들었다. 한 학기 정도 이어졌던 것으로 기억한다. 하지만 이 시기 서투른 대학생의 운영이 그러하듯, 독서 모임은 여름 방학을 넘어가면서 흐지부지 끝나 버렸다. 그러다가 대학원에 들어갔다.

그리고 '빨간벽돌'이라는 이름으로 다시 독서 모임을 운영하기 시작했다. 그때가 이십 대 중후반이었다. 약 4년 동안 마흔 권 정도의 책을 읽었는데, 학술서적, 문학, 자기개발서 등 장르를 가리지 않고 읽었다.

'빨간벽돌'은 논문 쓰느라 스트레스를 받을 때 쉬어가는 쉼터와 같았다. 나와는 다른 삶을 사는 사람들의 이야기, 학교 밖 세계에 관한 이야기 등은 내가 이 세상으로부터 고립되지 않게 해 주었다. 아마도 그 시기의 나는 다른 사람들과 나누는 일상적인 대화를 그리워했나 보다. 대부분 시간을 연구 활동과 논문에 할애했던 나에게 '빨간벽돌' 모임은 평일의 전반전과 후반전 사이에 끼어 있는 휴식 시간과 같았다.

한편, 수요일을 다른 방식으로 보내기도 했다. 이 역시 휴식 시간이었으리라.

'술이나 한잔해야겠다.'

학위 논문 심사를 준비하는 한 학기 동안, 매주 수요일에 혼자 술을 마시곤 했다. 논문을 쓰느라 각성된 머리를 식힐 필요가 있었다. 과장이 아니라, 당시에는 정말로 아침에 눈을 뜨자마자 드는 생각이 논문과 관련된 내용이었고, 잠들기 직전까지 생각했던 것도 논문과 관련된 내용이었다. 그래서 중간중간 이 긴장감을 낮춰줄 필요가 있었다. 그렇다면 왜 금요일이나 주말이 아닌 수요일에 술을 마셨을까. 수요일을 한 주의 중턱이라 생각했기 때문이다.

상대적으로 일정을 자유롭게 조절할 수 있었던 나로선 사실 언제 휴식을 취해도 상관없었다. 하지만 그럼에도 이왕 쉴 거면 남들이 한창 바쁠 때 쉬는 게 더 좋을 것 같았다. 그 당시 나는 직장인들에게 가장 힘든 요일은 수요일일 것이라 생각했다. 앞뒤로 주말과 가장 멀리 떨어져 있는 요일이기 때문이다. 사람들이 가장 몰입해 있는 날에 쉴 수 있다는 사실이 내게 추가적인 보상을 주는 것 같았다. 마치 대학교 수업을 자체 휴강하고 캠퍼스를 거니는 느낌이랄까? 단지 몇 시간의 자유였지만, 그 몇 시간은 분명 평소와는 다른 색깔이었다.

나는 매주 수요일을 기다렸다. 역설적으로 수요일에 쉬기 위해 나머지 시간을 정말 바쁘게 살았다. 그렇게 몇 번의 수요일을 더 맞이한 끝에, 내 박사 학위 논문은 통과되었다.

돌이켜보면 수요일은 정말 빨리 돌아왔던 것 같다. 돌아서면 '빨간벽돌' 모임을 하는 날이었고, 돌아서면 한 주간 고생한 나에게 휴식을 주는 날이 찾아왔다. 수요일을 기다렸지만, 기다렸다는 생각이 들지 않을 만큼 빨리 돌아왔다. 그렇게 4년이 지났고, 한 학기가 지났다. 이십 대가 마무리되고 삼십 대가 시작되었다. 한편으론 그만큼 삶에 몰입해 살았다는 뜻인 것 같다. 수요일이 빨리 돌아오는 것처럼 느껴졌던 것은 다른 데 신경 쓸 시간도 없을 만큼 주어진 일에 몰입했던 결과가 아닐까.

수요일을 맞이하는 마음가짐과 새로운 삼십 대를 맞이하는 마음가짐이 왠지 비슷하게 느껴진다. 이십 대 초반과는 다르게 이십 대 후반은 정말 어떻게 지나갔는지 잘 기억나지 않는다. 몹시 흐릿하다. 좀 더 정확히 말하면, 기억이 서로 분리되지 않는다. 그 시기의 기억은 마치 하나의 덩어리처럼, 안개처럼 어렴풋이 남아 있다.

'언제 서른이 됐지?'

몰입할수록 시간이 빨리 흐른다는 말은 사실인 것 같다. 언젠가 삼십 대의 시간을 돌아본다면 그때도 시간이 금방 지났다고 느끼지 않을까? 지난 이십 대 후반을 돌이켜보면 아쉬운 점이 몇몇 있다. 논문을 쓰는 데 너무 집중한 나머지 삶에 중요한 다른 가치를 놓치고 살

앉다는 생각이 들기 때문이다. 그 당시 가장 중요했던 목표에 매진한 것은 맞지만, 오로지 그것만 보며 살았다는 생각도 든다. 내 삶의 중요한 가치는 그 외에도 많았을 텐데 말이다. 사랑, 우정, 여유.

그리고 낭비!

삼십 대를 돌아볼 날이 올 때, 지금과 같은 아쉬움이 남지 않길 바란다. 현재에 몰입하되 현재에 마비되지 않도록 신경을 곤두세워야겠다고 다짐해 본다.

수요일의 한가운데서

수요일의 한가운데에 서 있다. 한 주의 가운데, 특별할 것 같지 않은 날의 오후. 나는 지금 걸어가는 중이다. 느리기도 하고, 때로는 허둥지둥하는 보폭으로. 문득 뒤를 돌아보면, 내가 건너온 길이 손에 잡힐 듯 이어져 있다. 그 길 위에는 작은 교실과 빚진 마음과 첫 월급의 적막이 섞여 있다.

"엄마, 우리 마산으로 이사 가면 안 돼?"

그 말이 수요일의 창문 너머로 스며든다. 중학교의 교실은 좁았고, 그 안에서의 기준은 곧 세상의 전부인 줄 알았다. 그때의 나는 우물을 벗어나고 싶었다. 더 큰 무대에서도 여전히 내가 주인공일 거라 믿었다.

부모님은 대출을 감수하며 도시로 이사했다. 그 결정은 내게 기회였지만 동시에 새로운 시험지였다. 도시의 학교에서는 성적이 오르지 않았다. 나는 늘 중간쯤에 머물렀고, 시험지를 들 때면 부모님의 눈빛을 떠올리며 고개를 숙였다. 그때의 감정은 지금도 불쑥불쑥 튀어나와 마음을 먹먹하게 한다. 왜 그때 더 잘하지 못했을까? 이 질문에 때때로 내 발걸음이 휘청인다.

　"우리 형편이 어려워도 빚으로 시작하게 하고 싶진 않다."

　또 다른 말이 창문을 타고 넘어온다. 부모님은 내가 학자금 대출로 대학 생활을 시작하는 것을 원치 않으셨다. 인생의 중간 지점에 서 보니 이 말의 의미를 알게 되었다. 장학금을 찾아다니고, 근로장학생으로 일하고, 등록금 고지서를 대출 명세서로 바꾸지 않기 위해 애썼던 그 노력은 부모님에게 진 마음의 빚을 갚기 위한 발버둥이었다.

'이 돈은 온전히 내 것이구나.'

졸업 후 첫 월급을 받았을 때, 통장 잔액을 보며 오랫동안 숨을 고르듯 앉아 있었다. 그 작고 귀여웠던 통장 잔액은 성인이 되어 마주한 가능성이었다. 앞으로 나 자신을 스스로 책임질 수 있다는 가능성의 증거. 그래서 매달 적금을 붓고, 불필요한 소비를 줄였다. 옷도 먹는 것도 노는 것도 나의 관심사가 아니었다. 그저 가능성을 키우기 위한 투자에 집중했다.

그리고 떠났다. 세계의 여러 공항과 골목을 지나며 자주 길을 잃었고, 그때마다 매몰차게 느껴졌던 세상은 나를 따뜻하게 품어 주었다. 불이 꺼진 인도 바라나시의 좁은 골목. 쥐도 새도 모르게 사라질 것만 같았던 그 골목에서 나를 숙소까지 데려다준 현지인, 공항에서 시내까지 태워 준 현지인. 그들의 미소는 '두려움보다 한 걸음 더 나아가는 용기'를 확인시켜 주었다.

수요일의 중간 점검은 애틋하면서도 또 다른 설렘을 안겨 준다. 죄책감과 고단한 발버둥, 두려움과 함께한 용기는 나에게 질문한다,

내가 쌓아온 자립의 기록은 흔들리지 않는가?
내가 세운 목표는 여전히 같은가?
나는 여전히 나의 가능성을 믿고 있는가?
나는 여전히 그 용기로 걸어가고 있는가?

수요일의 오후, 뒤를 돌아보며 이정표 목록을 적어 본다. 부모님의 믿음, 나의 인내, 장학금으로 채운 학기들, 첫 월급의 정적, 그리고 여행지에서 배운 것들. 그 목록은 내가 앞으로 더 나아가게 하는 연료다.

한 주의 중간에서 나는 다시 걷기로 한다.
조금은 천천히, 때로는 불안하게, 하지만 확인한 것들을 품고. 수요일이 끝나면 목요일이 되고 주말이 오듯 내 길도 계속된다. 완성까지는 아직 갈 길이 멀지만 중

간에 서 있는 지금, 이 확인과 다짐이야말로 내가 앞으로 나아갈 이유다.

오늘의 나는 다시 한번 말한다.

이 길은 아직 끝나지 않았다.
그리고 이 길이 내 길이다.

한 걸음 쉬어 가는 용기

16년 동안 학원 강사로 살며 새벽 2시에 퇴근하곤 했다. 잠은 늘 부족했고, 커피로 버티는 날이 이어졌다. 플래너엔 할 일이 끝없이 추가되며 하루를 빽빽이 채워 갔다. 그게 열심히 사는 거라 생각했다. 젊다는 이유로 버틸 수 있을 거라 믿었지만, 마음은 조금씩 비틀거렸다.

결혼하고 아이를 낳은 뒤에도 크게 달라지지 않았다. 일하는 시간을 줄이긴 했지만, 여전히 바깥일의 비중이 더 큰 엄마였다. 아이가 생후 8개월이 되었을 때 복직해 다시 바쁜 학원 강사 생활을 이어 갔다. 그 후에는 남편이 건강 문제로 퇴직하면서 육아를 전담했고, 나는 일터에서 가족의 생계를 맡았다. 가족을 위해 최선을 다해 살았지만, 늘 '불량 엄마'라는 죄책감이 나를 따라다녔다.

그러던 어느 날, 몸이 신호를 보냈다. 몇 달 사이 코로나19와 독감 그리고 대상포진까지 겹쳐 찾아왔다. 회복 기간을 길게 보냈지만, 기운은 좀처럼 돌아오지 않았다. 2주째 무기력증에 빠져 있었다.

이불 속에 누워 창밖을 바라보다가, 문득 엄마의 된장찌개가 떠올랐다. 된장을 푼 국물 위로 솔솔 올라오는 김, 그걸 한 국자 퍼서 밥에 비벼 먹던 기억. 당장이라도 엄마 집으로 달려가고 싶었지만, 제주와 육지의 물리적인 거리 때문에 그럴 수 없었다. 그 기억 하나가 잃었던 입맛을 깨우고, 국물의 온기가 내 몸을 서서히 덥혔다.

그날 알았다. 엄마의 밥상은 단순히 배만 채우는 게 아니었다는 걸. 살아갈 힘을 되찾는 시간이자, 하루를 견디게 하는 마음의 뿌리였다. 나는 일과 성장에만 집중했던 삶을 점검하기 시작했다. 그러다가 문득 슬퍼졌다. 우리 아이는 훗날 어떤 음식을 보며 나를 떠올리게 될까. 힘든 날 꺼내 볼 따뜻한 기억이 남아 있을까. 그 생각이 마음을 아리게 했다.

정말 우습게도, 이것이 내가 올해를 안식년으로 정한 이유다. 일 년 동안은 일하는 엄마가 아닌 부엌에 있는 엄마가 되기 위해 더 늦기 전에 용기를 내 잠시 멈추기로 했다.

이제는 하루 세끼를 직접 차린다. 즉석식품과 밀키트 비중을 줄이고, 서툴지만 내 손으로 식탁을 채운다. 장을 보고, 재료를 손질하고, 조리하는 시간도 점점 짧아진다. 매번 주방이 초토화되곤 했는데, 이제는 제법 익숙하게 치워 가며 요리한다. 밥은 단지 음식을 만드는 일이 아니다. 사랑을 건네는 방식이자, 하루를 천천히 살아내는 연습이다. 그동안 나는 쉼 없이 달리며 살았지만, 정작 사랑의 온도를 익히는 법은 모르고 있었는지도 모른다.

나의 성장만을 생각하느라 그동안 몰랐다. 아이의 성장 속도가 더 빠르다는 것을. 올해 초등학교 1학년이 된 아이는 엄마의 손길이 필요한 일보다 스스로 해내는 일이 더 많아졌다. 조금 지나면 엄마의 손길이 아예 필요 없어지는 날이 오겠지. 손꼽아 기다렸는데, 막상 가까워지니 마음 한구석이 허전해진다.

"엄마, 저를 위해 맛있는 식사를 차려 주셔서 감사해요."
"엄마가 해 준 음식은 세상에 둘도 없는 아주 특별한 음식이에요."

서툴기만 한 엄마의 노력을 세상에서 가장 따뜻한 말로 보답해 주는 아이. 그 달콤함에 피로는 눈 녹듯 사라지고, 뒤돌아 '내일은 뭐 먹지'를 고민하며 하루를 마무리한다. 이런 시간이 행복하지만, 가끔은 불안하기도 하다. 세상은 여전히 달리고 나만 멈춰 선 듯한 날엔 괜히 작아지기도 한다.

그래도 괜찮다.

오늘 저녁, 아이의 그릇이 싹싹 비워진 걸 보며 작은 행복 하나를 다시 배웠기 때문이다. 멈춰 서야만 보이는 풍경이 있다는 걸 이제야 알아 가고 있다. 내 속도를 너무 앞세우느라 놓치고 지나온 순간들이 떠오른다. 이제는 조금 느려도 괜찮다. 조금 늦게 도착할 뿐이니까. 그렇게 한 걸음 쉬어 가는 동안 다시 나답게 살아갈 힘을 되찾고 있다.

균형이 필요한 시간

"하, 끝났다."

바닥만 바라보며 곧장 주차장으로 내려갔다. 시동을 걸고 잠시 계기판을 바라보다가 후 하고 숨을 내쉬었다. 엉덩이를 의자 깊숙이 파묻었다. 회색 구름이 낮게 드리운 하늘. 비는 그쳤지만 해는 여전히 보이지 않았다.

'그래, 날씨 탓이겠지.'

그렇게 중얼거리며 액셀을 밟았다. 좌회전 신호를 기다리며 유튜브를 켰다. 퇴근길 음악을 고르던 중, 젊은 소설가들의 인터뷰가 눈에 들어왔다.

"저는 꼭 문체부 바탕체로 써요. 글씨체의 단정함이 좋거든요."

조용하지만 단단한 눈빛. 작가의 일상을 말하는 목소리에는 묘한 안정감이 있었다. 룸미러 속 시선과 잠시 눈이 마주쳤다.

'지금 나는 바라던 나날을 보내고 있는 걸까?'

어제와 다르지 않은 수요일이었다. 되풀이되는 업무, 회의, 지시, 그런 생활의 반복이었다. 이십 대에 그리던 삼십 대는 이런 게 아니었는데. 평안을 택하자니 무료하고, 보람을 찾자니 피곤했다. 화끈거리는 눈을 비비는 사이 신호등이 녹색으로 바뀌었다. 황급히 액셀을 밟았다.

직선으로 뻗은 도로를 달리며 저녁에 쓸 글감을 떠올렸다. 책도 내고 안정된 직장에 다니니, 이 정도면 충분하다고 스스로 다독였다. 그러고 보니 작년에는 직급도 올랐다. 퇴근 후 여가도 누린다. 이젠 대중교통 대신 자가용을 타고, 먹고 싶은 게 있으면 긴 고민 없이 돈을 쓴다.

'그런데 가슴은 왜 이렇게 꽉 막힌 걸까?'

멀리 사거리에 줄지은 차들이 보였다. 길게 하품하며 브레이크를 밟았다. 차는 조금씩 움직이다가 멈췄다. 액셀을 밟으려 하면 금세 브레이크로 발을 옮겨야 했다. 앞이 턱턱 막혀 나가지 못하는 느낌. 익숙한 감각이다. 핸들을 붙잡고 있지만 뜻대로 되지 않는다. 당장 달리고 싶어도 상황에 따라 속도를 줄이고 서야 한다. 좌우에서 경적이 연달아 울렸다. 빨간불에 멈출 때마다 메모장 앱을 열어 몇 문장을 썼지만, 마음에 들진 않았다.

한참을 달려 겨우 집에 도착했다. 아무도 없는 방에는

예약해 둔 밥 냄새가 은은하게 퍼져 있었다. 냉장고에서 어제 사 온 연어와 양파를 꺼냈다. 수요일은 퇴근하자마자 바로 요리를 한다. 오늘 저녁은 연어덮밥이다. 연어를 두툼하게 뜨고 채 썬 양파를 밥 위에 올린 뒤 간장과 맛술, 설탕을 섞은 소스를 둘렀다. 고추냉이를 한 점 짜 넣자 코끝이 찡했다.

한 숟갈 가득 떠서 입에 넣었다. 탱글탱글한 연어살 사이로 달콤짭짤한 밥알이 굴러다녔다. '으음' 콧소리를 내며 입을 오물거리지만, 사실 맛이 중요한 것은 아니다. 요리는 일종의 의식이다. 현생을 버텨 내느라 기울어진 균형을 다시 세우는 의식. 어떤 날은 복싱으로, 또 어떤 날은 그림으로 그 균형을 잡는다. 이런 작은 의식들이 생기를 북돋아 준다. 권태로운 하루가 닫히고 다시 활력의 순간이 열리는 것이다.

잠시 포만감이 찾아왔지만 평화는 오래가지 않았다. 어딘가 부족한 기분이 들었다. 요즘 따라 부쩍 이런 느껌이 든다. 운동도 예술도 마찬가지다. 땀을 흘려 상쾌하거나 눈과 귀가 즐거운 건 그때뿐이다. 그 후엔 설명하기 어려운 답답함이 남는다.

'이 답답함은 어디에서 오는 걸까?'

넷플릭스를 뒤적여 보지만 퇴근길의 헛헛함은 여전히 사라지지 않았다. 더부룩한 배를 매만지며 집을 나섰다. 저녁 하늘은 여전히 흐렸다. 숨을 깊게 들이마시자 촉촉한 풀 냄새가 가슴속으로 스며들었다. 쭈글쭈글했던 폐가 서서히 팽팽해지는 기분. 나오길 잘했다는 생각이 들었다. 곧 온몸에 피가 돌며 짧았던 호흡이 길어졌다.

매미 소리를 따라 도착한 공원에선 아이들이 비명을 질러 대고 있었다. 빨간 버섯 모양의 조형물 주위로 물줄기가 솟구쳤고, 아이들은 그 사이를 이리저리 뛰어다녔다. 곧이어 버섯 조형물에서 폭포수 같은 물이 떨어졌다. 무섭다며 구경만 하는 아이들도 이내 웃으며 달려들었다. 아이들의 소리를 듣고 있으니 괜스레 부러운 마음이 들었다.

지잉. 주머니가 울렸다. B부서의 장 부장이었다. 화면을 가만히 바라보다가 결국 전화를 받았다.

"부장님, 퇴근 후에 죄송합니다. 통화 괜찮으세요?"
"아, 네. 무슨 일이죠?"

애써 부드러운 목소리를 유지하며 용건만 빨리 끝내길 바랐다.

"금요일까지 부탁드린 계획서, 내일까지 가능할까요? 윗분들이 그렇게 요청하셔서요."
"네, 내일 점심 전에 보내드리겠습니다."

평안한 밤을 보내라는 인사가 오가고 대화는 서둘러

마무리됐다. 짧은 통화였지만 마음이 무거웠다. 내일 업무가 다시 관자놀이를 짓눌렀다.

빨리 씻고 자야지 하며 발길을 돌리는데 킥보드를 탄 여자아이가 휙 지나갔다. 쓰러지지 않으려고 자기 키보다 높은 핸들을 좌우로 흔드는 모습이 위태로워 보였다. 그리고 보니 저 나이 때도 크게 다르지 않았던 것 같다. 초등학교 입학, 수능, 군대, 취업, 언제나 중심을 잡기 위해 아등바등 애썼다. 산다는 건 대체로 그런 일이다. 피식, 웃음이 났다.

하늘에는 수요일의 빛이 거의 사그라지고, 세상은 개와 늑대의 시간으로 접어들었다. 빛도 어둠도 아닌 회색의 시간 속에서 길게 늘어진 그림자를 내려다봤다.

'한 주의 끝에 나는 어떤 얼굴을 하고 있을까?'

아직은 알 수 없다.

끝은 모르지만 내일을 디뎌 또 발자국 하나를 남길 뿐
이다. 그런 것이다.

목
요
일

최고의 드림팀

목요일.

수요일이 지나면 몸도 마음도 약간 지쳐 가면서 평소보다 긴장감이 떨어졌다. 하지만 정신 똑바로 차리라고 경고라도 하듯이 성모병원 가정간호사 선생님이 매주 목요일에 우리 집을 방문했다.

우리 엄마는 와상 환자였다. 지금은 돌아가셨지만 말 그대로 침대에 누워 지냈다. 엄마는 척수에 종양이 생겨 큰 수술을 받았다. 이후 거동이 불편해졌고, 알츠하이머도 걸렸다. 어느 날 집에서 넘어져 허리를 다친 이후 다시 걷지 못하고 침대에서만 생활하게 되었다. 나의 생활도 엄마에게 맞추어 돌아갔다. 아픈 엄마가 갑자기 고열이 나거나 몸에 이상이 생기지만 않으면 그날은 무사히 보낸 하루였다.

매일 집에서 엄마를 돌보는 일상이지만, 목요일은 다른 어떤 날보다 부산하고 정신이 없었다. 간호사 선생님이 방문하면 엄마와 주변 환경을 깐깐하게 점검했다. 마치 숙제를 검사받는 느낌이었지만, 그만큼 신경 써 준다는 것이니 감사할 따름이었다.

가정간호사제도는 가정의학과에 가서 환자의 상태를 얘기하고 지금까지 다른 과에서 받은 치료를 확인한 뒤 의사 선생님이 처방하면 간호사 선생님이 집으로 방문해 수액, 백신 등을 놔 주는 것이다. 간호사 선생님은 기초적인 혈압 검사나 문진으로 환자의 상태를 매번 확인한다. 엄마는 평소에는 주 1회, 병세가 심하면 주 2회 가정간호사 선생님의 도움을 받았다.

우리 엄마에게는 돌봄의 '드림팀'이 있었다. 구성원은

나, 요양사님, 성모병원 가정간호사 선생님이다. 가정 간호사 선생님은 같은 선생님이 오실 때도 있고, 다른 선생님이 오실 때도 있었다. 주로 오전에는 요양사님이, 오후부터 밤까지는 내가 엄마를 돌보았다. 요양사님이 오전에 오셔서 점심까지 먹여 드리고 가면, 다음은 내 차례였다.

드림팀의 역할은 이랬다. 요양사님이 아침에 와서 먼저 엄마 디펜드부터 확인한다. 엄마가 주무시기 전에 한 번 더 갈아 드려도 밤에 소변량이 많아 축축한 경우가 많아 빨리 갈아야 엄마의 찜찜함을 덜어 줄 수 있기 때문이다. 그런 다음 당뇨와 혈압을 체크해 수첩에 기록해 둔다. 이 기록은 나중에 가정간호사 선생님이 오면 세 명이 함께 확인한다.

요양사님은 침구를 새것으로 갈고, 엄마의 아침 식사를 챙겨 드린 뒤, 이빨을 닦이고 세수를 시킨다. 그런 다음 엄마의 자리를 징돈해 편히 쉬게 한다. 그동안 나는 중간중간 옆에서 엄마의 체위 변경을 도와드리고 엄마 방을 정리한다.

점심 식사가 끝나면 이제부터 본격적으로 나의 활동이 시작된다. 엄마가 좋아하는 과일이나 간식을 먹여 드리고, 수시로 체위를 변경한다. 이후 저녁을 차려 식사를 떠 드리고, 이빨을 닦아 드리고 일단 쉬시게 한다. 그동안 나는 설거지를 재빠르게 마치고, 여기저기 널려 있는 물건들을 정리한다. 수시로 디펜드를 열어 대소변도 확인한다. 잠든 것을 확인한 뒤 방에 불을 끄고 나오면 하루의 돌봄이 끝난다.

욕창에 걸리지 않도록 그렇게 노력했지만, 7월 말 더운 여름에 엄마는 욕창에 걸리고 말았다. 엉덩이뼈 부분에 작은 자국이 있었는데 그것이 욕창이었다. 요양사님과 나는 욕창인지 몰랐는데, 가정간호사 선생님이 말해서 알게 되었다. 그 즉시 간호사 선생님이 알려 준 대로 약국에 가서 욕창에 쓰는 밴드를 사 왔고, 간호사 선생님이 엄마에게 붙여 주고 앞으로 어떻게 하면 되는지 설명해 주셨다. 물집이 생기면 절대 안 되니 수시로 체위를 변경하고 통풍도 해 주라고 하셨다.

가정간호사 선생님은 일주일에 두 번 방문해 엄마의 상태를 확인해 주셨다. 그리고 요양사님은 점심시간이 지나고 퇴근한 뒤에도 오후 저녁 할 것 없이 수시로 다시 와서 엄마를 돌봐 주셨다. 8월 장마에 장대비가 내리는 날에도 옷이 다 젖은 채로 엄마를 보러 오셨다.

나는 엄마의 상처에 살살 부채질을 하고, 방의 습도를 낮췄다. 상처에 물이 닿으면 안 되기에 물수건을 만들어 엄마의 몸을 닦아 드렸다. 거의 한 달을 이렇게 지내면서 우리 세 명의 노력으로 엄마의 욕창이 완치되었다. 간호사 선생님은 이렇게 말끔하게 없애기 쉽지 않은데 정말 고생했다며 우리를 칭찬해 주셨다. 우리는 선생님이 일찍 발견해 처치 방법을 알려 주신 덕에 빠르게 대처할 수 있었다며 서로를 칭찬했다.

환자를 진정으로 생각해 주었던 간호사 선생님, 친엄마처럼 정성을 다해 엄마를 돌봐 주었던 요양사님, 만일 이 두 분이 없었다면 엄마의 욕창은 완치되기 어려웠을 것이다. 나 혼자 힘으로는 절대 할 수 없었다.

목요일은 월요일부터 시작된 한 주의 흔적이 보이는 요일이다. 또한 아직 할 일이 남아 있지만 주말이 다가오기에 한 주를 마무리하기 위한 정리의 마음도 드는 요일이기도 하다. '이번 주에는 이런 걸 했구나' 하는 생각이 들 때 주위를 한번 돌아보게 된다. 우리의 일상이 원활하게 돌아갈 수 있는 것은 주변 사람들의 도움 덕분이라는 사실을 다시 한번 깨닫게 된다.

지금도 가끔 목요일이 되면 드림팀이 생각난다.

그 당시 나의 목요일은 몸도 힘들고 앞으로 닥칠 주말에 혼자 어떻게 엄마를 돌보아야 할지 걱정이 앞서는 날이었지만, 드림팀의 막강한 도움이 있었기에 목요일을 잘 마무리하고 조금은 가벼워진 마음으로 주말을 맞이할 수 있었다.

　엄마가 돌아가신 뒤 요양사님을 만났는데, 그때는 나도 있고 간호사 선생님도 있었기에 그렇게 할 수 있었다고 말씀하셨다. 나는 웃으면서 말했다.

　"우리 정말 최강의 드림팀이었어요! 다시는 없을 최고의 조합이요."

지치지 않고 오래가야지

아이스아메리카노를 홀짝거리며 마른 목을 축인다. 아자자자 기지개를 켠다. 고개를 쑤욱 빼고는 앞뒤로 좌우로 뱅그르르 시계 방향으로 한 번, 반대 방향으로 한 번 돌린다. 모니터 너머 커다란 통유리창 속엔 연일 눈부신 가을이 그득하다. 파란 하늘에 하얀 솜사탕 뭉치가 둥둥. 누가 매일 부지런히 자아 저렇게 무심한 듯 뿌려 놓는지. 입을 아 벌리고 바라본다.

'이야, 놀러 가기 딱 좋은 날씨네.'

하지만 현실은 사무실. 그래도 아쉬운 건 하나도 없다.

나는 정말 여유로우니까.

지난 4년 가까이 목요일은 일주일 중 가장 힘든 하루였다. 바쁘고 목마르고 배고픈 목요일. 어찌 보면 목요일을 최고점으로 포물선을 그리며 일주일을 숨 가쁘게 달렸다고도 할 수 있다. 매주 독서토론을 준비하며 틈나는 대로 읽어야만 했던 벽돌같이 두꺼운 고전. 목요일 오전의 토론이 끝나면 늦게나마 부랴부랴 회사로 출근했다.

바쁜 일은 왜 항상 겹치는 건지, 이상하게도 일주일 중 목요일에 협회 행사나 모임, 미팅이 잦았다. 일정을 빡빡하게 소화하며 이동하다 보면 시간이 없어 점심과 저녁 식사를 건너뛰거나 제대로 챙겨 먹지 못하기 일쑤였다.

반복되는 대학원 저녁 수업과 과제와 발표. 내가 좋아서 선택한 공부이기에 가정과 회사 일을 핑계로 허투루 할 수도 없었고, 공부한다는 이유로 가정주부와 회사 대표로서의 소임을 게을리할 수도 없었다. 힘들다고 누구를 원망하거나 탓할 수도 없었다. 도움을 바라기는커녕 오히려 식구들의 양해와 배려를 부탁해야 하는 미안함에 스스로 눈치를 봤다.

　힘들 때면 지레 서운하고 서글프기도 했지만, 내가 자초한 굴레였기에 군말 없이 해야만 했다. 그럴수록 스스로 다짐했다. 'Just do it. 너무 잘하려고 애쓰지 말고, 잘못하면 어쩌나 미리 걱정하지도 말고, 그냥 꾸준히만 하자.' 몇 년 동안 공부는 습관이 되어 그럭저럭 흘러갔다. 다람쥐 쳇바퀴 도는 숨 가쁜 하루를 보내고 나면 무어라 표현할 수 없는 뿌듯함이 가슴에 차올랐기에 버틸 수 있었던 것 같다.

　그렇게 사십 대 후반에 철학 공부를 시작한 건 정말 잘한 일 같다. 대학을 졸업한 이후 결혼해 사는 동안 힘들고 답답할 때마다 남 탓하며 한숨만 쉬었지 내가 왜 힘든지 어떻게 살아야 행복한지 삶의 근원적인 문제에 대해 깊이 생각해 보지 않았다. 주어진 일상을 그저 반복적으로 살아내기에 바빴다. 그런데 오히려 바쁘고 힘든 상황에서 공부하며 나 자신을 성찰하고 주변을 관조

하는 시간을 많이 갖게 되었다.

공부하기 전에는 내가 무엇을 모르는지도 몰랐다. 과거의 배움에 만족하며 이만하면 됐다 싶어 나도 모르게 오만하게 살아왔다. 가족과 주변을 돌보기 바쁘다는 이유로 가장 중요한 나 자신에게는 소홀했다. 그러면서 내가 생각하고 챙겨 준 만큼 그들이 나를 대해 주지 않으면 괜히 서운해하고 원망했다.

공부는 인간관계의 우선순위를 가르쳐 주었다. 남보다 먼저 나 자신을 챙기고 사랑해야 한다는 것, 내가 바로 서지 않으면 남도 바로 세울 수 없다는 걸 말이다. 책을 읽으며 지식의 섬이 커질수록 미지의 해안선이 늘어난다는 말이 가슴에 훅 들어왔다. 소크라테스가 말한 "무지의 지"는 나 자신의 지식을 넘어 주변 관계를 어떻게 해야 하는지도 알려 주었다. 그동안 나의 앎을 기준으로 타인을 속단하거나 재단하며 오만하게 행동하지 않았는지 두려운 마음이 들었다. 너무 늦게 공부를 시작한 게 안타까웠다.

조급한 마음에 시간이 아까워 늘 책을 가방에 넣어 다니며 읽었다. 느슨했던 나의 삶이 팽팽해지고 바쁜 만큼 활기찼지만, 의욕과 달리 슬슬 몸이 반기를 들기 시작했다. 지천명을 넘기며 시력이 급격히 나빠지고, 하루 중 앉아서 지내는 시간이 많다 보니 체력도 급격히 떨어졌다.

낮에는 여러 가지 일로 공부할 시간을 확보하기 어려워 귀가 후 밤늦게까지 공부하다 보니 늘 수면이 부족했다. 끊이지 않는 두통과 수시로 눈꺼풀을 무장 해제시키는 졸음은 어느새 나의 동무가 되었다.

늦은 나이에 하루가 다르게 약해지는 몸과 정신을 생각하니 공부를 더 빨리 끝내고 싶은 마음이 커졌지만, 그럴수록 욕심을 부려 읽는 책은 내게 과부하가 되었다. 『논어』에 나오는 과유불급(過猶不及)이란 말이 괜히 있는 게 아니구나 싶었다.

'많은 걸 다 하려다가 도리어 아무것도 할 수 없겠네.'

결단을 내려야 했다. 삶의 반경을 좁히고 관계를 정리하며 집중과 선택을 해야 할 필요를 느꼈다. 10년 넘게 활동했던 단체 활동, 소소한 모임 속의 소원한 관계를 돌아보며 하나씩 정리했다. 잘 치지 못해 스트레스를 받던 골프도 그만두었다. 내가 대학원에 입학해 다시 공부하게끔 동기를 부여해 준 고전 독서토론도 중단했다. 박사과정 마지막 학기에는 논문에 집중하기 위해 수업도 줄였다.

몇 년 동안 루틴이었던 목요일의 빡빡한 일상에 빼꼼히 열어 놓은 창문 틈으로 청량한 가을바람이 불어왔다. 그렇게 몇 년 만에 목요일을 재설정했다. 여느 때와 같이 느긋하게 회사에 와서 컴퓨터를 켜고 커피 한 잔부터 준비하며 출근하는 직원들과 아침 인사를 나눈다.

스마트폰의 일정과 업무용 메일을 확인하고, 가능한 한 오전 중에 그날의 업무를 처리한다. 오후에는 주로 외부 일정을 소화하고, 특별한 일이 없으면 사무실에 앉아 여유롭게 책을 읽는다.

오늘처럼 파란 하늘의 하얀 솜사탕에 풍덩 빠지는 잠깐의 이 여유가 감사하다. 예전에는 퇴근 후 집안일 하나 하는 것도 귀찮고 힘들었다. 하지만 몇 년 동안 정신없이 살다가 단출하게 정리한 요즈음, 그토록 힘들고 귀찮던 목요일이 무척이나 여유롭다. 똑같은 상황인데 내 마음은 왜 이렇게 달라졌을까? 젊은 시절에는 여유라는 건 시간이나 돈이 많은, 비교적 한가하고 물질적으로 풍요로운 사람만이 누릴 수 있는 특별한 선물이라 생각했다.

나는 언제 저런 여유를 가져 보나 부러워하며 괜스레 나 자신을 측은하게 여겼다. 이런 바보가 어딨단 말인가? 여유는 시간과 돈의 문제가 아니라 내 마음의 문제였다. 바쁠 때도 하고 싶은 건 어떻게든 했고, 힘들다고 투덜거리면서도 너끈하게 하루를 마감했다. 남을 의식하거나 남과 비교해서가 아니라 단지 내가 좋아서 선택했고, 하고 나면 뿌듯하니까 할 수 있었다. 생각해 보니 난 누구보다도 마음이 여유로운 사람이었다.

"응무소주 이생기심(應無所住 而生其心)."

내가 좋아하는 『금강경』의 한 구절이다. 머무는 바 없이 그 마음을 내었기에 힘들어도 즐겁게 공부할 수 있었다. 이젠 과한 욕심을 줄여 내 몸 상태와 주어진 상황에 맞추면서 여유롭게 살고자 한다. 창창하게 살아야 할 세월이 아직 20여 년 남았다. 비우고 채우고 나누며 오래오래 행복하게 살아야 하지 않을까.

목요일에 수집한 아이들의 말

"남매를 낳고 제 손으로 키웠습니다. 경력란에 기재할 수는 없지만, 소중한 경험을 쌓아 온 시간이었습니다. 아이들과 눈을 맞추고 귀를 열어 경청하는 교사가 되겠습니다."

초콜릿 상자들이 매서운 바람마저 달콤하게 만들던 날, 10년 만에 쓴 이력서와 자기소개서를 들고 면접관들 앞에 앉았다. 누가 봐도 나와 열 살 이상 차이가 나는, 연분홍빛 코트를 입은 또 다른 지원자와 함께였다. 그는 마치 '봄날의 햇살' 같았다. 그렇다고 질 순 없지. 지원 동기와 포부를 밝혔다. 며칠 후 합격 연락을 받았다.

첫 출근은 새 계절의 첫 목요일이었다.

대여섯 살 아이들이 놀고 있는 교실. 지켜보기만 하면 되나, 함께 놀아줘야 하나 망설이던 참이었다. 눈도 얼굴도 동그란 아이가 병원 놀이 주사기를 들고 다가와 대뜸 말을 걸었다.

"주사 맞아야 해요."

"아, 네. 저 주사 무서워요. 안 아프게 살살 놓아 주세요."

"힘을 내요."

아이는 한 손으로 주먹을 불끈 쥐어 보이며 말했다. 마스크 사이로 '풋!' 하고 웃음이 났다. 힘도 났다. 처음 출근한 날, 처음 들은 아이의 말이었다. 예쁜 말이 잊힐 세라 작은 노트를 꺼내 얼른 옮겨 적었다. 속을 꽉 채운 하트를 닮은 말들이 매일매일 쏟아졌다.

아이들을 좋아했다. 영어 학원에서 유·초·중·고 여러

연령대의 아이들을 만나 왔다. 임신과 출산과 육아에 집중하는 6년을 보낸 후 다시 시작한 일은 영유아 음악 프로그램 강사. 토끼 머리띠를 쓰고 물방울무늬 앞치마를 입고 '반짝반짝 예쁜 손' 인사를 했다. 그림책을 읽고 악기를 연주하고 퍼포먼스 놀이 활동을 이어 갔다. 문화센터와 어린이집에서 아이들과 양육자들을 만났다. 무거운 교구를 들고 시간 맞춰 이동하는 일이 쉽지 않았지만, 적성에 잘 맞았고 재미도 있었다. 하지만 인기 만점 토끼 선생님도 코로나19 앞에서는 속수무책이었다. 사회적 거리 두기가 이어지면서 퇴직금 0원의 프리랜서 활동을 접어야 했다.

새로 시작한 일도 아이들을 만나는 일이었다. 어린이집 연장반 교사는 놀이 활동을 지원하고, 늦은 간식을 제공하고, 하원을 돕는다. 오후에 출근하니 오전 시간을 활용할 수 있다. 담임 교사의 부담과 책무가 없다. 집에서 가까운 근무지는 더할 수 없는 큰 장점 중 하나다.

아이를 낳고 기른 경험은 경력이 되었지만, 현장은 또 다른 세상이었다. 한순간도 눈을 뗄 수 없는 긴장과 반복되는 일상에 피로했다. 최선을 다해도 어쩔 수 없는 변수가 종종 발생했다. 애쓰는 마음이 존중받지 못하는 시시각각의 상황에 마음을 다쳤다. 아이들의 이유 없는 떼쓰기와 고집은 어렵고 힘들었다. 특히, 아이들을 좋아하는 나 자신을 의심하게 되는 순간은 혼란 그 자체였다.

"저는 김을 좋아해서 김은지예요."
"저는 오늘 사과 먹고 잠드는 공주 할래요."
"이거 비밀이라서 작은 목소리로 얘기해 줄게요."
"우리 엄마는 회식하면 화장실에서 잘 때도 있어요."
"오늘은 우리 엄마보다 강소영 선생님이 더 예뻐요."

그럼에도 어린 하트 수집가들의 예쁜 말과 행동으로 하루하루를 버틸 수 있었다. 아이들의 말을 모아 한 달에 한 번씩 정리했다. 열두 달을 모아 일 년의 기록을 만들었다. 제목은 '나의 하트 수집 일기'라고 써넣었다.

작고 작은 아이들의 마음은 담을 수 없을 만큼 크고 커다랬다. 조그만 손으로 접고 오리고 풀로 붙인 뭔가를 "선생님, 선물이에요"라며 앞치마 주머니에 가득 채워 주었다. 삐뚤빼뚤 손 편지 속의 맞춤법은 틀려도 늘 옳았다. 우리 아이들을 키울 때를 떠올리며 수시로 솟구치는 엄마 마음을 다독이곤 했다. 단호할 때는 단호하게 대하려 노력했지만, 슬그머니 손깍지를 끼는 아이 앞에서는 언제나 기꺼이 무너졌다.

어리고 여린 아이들로부터 많은 것을 배운다. 내 나이보다 적고 젊은 선생님들로부터 또 배운다. 어찌할 수 없는 상황이 발생할 수 있다는 것을 배운다. 할 수 있는 일들에 최선을 다하고, 할 수 없는 부분에 대해 인정하는 법도 배운다. 매 순간 모든 이에게 배우고 성장할 부분이 존재한다는 것을, 이제는 안다.

"선생님, 노을이 너무 예뻐서 눈물이 날 것만 같아요."

환하던 퇴근길이 어느새 어둑해졌고 밤공기가 차가워졌다. 아이가 말했던 노을은 진작에 사라졌다. 대신 크고 동그란 달이 지붕 사이로 떠올랐다. 누구도 몸과 마음이 다치지 않은 하루의 퇴근길이었다.

네 번의 계절을 돌고 다시 봄과 여름을 통과해 가을로 접어들었다. 발끝에 차이는 나뭇잎 하나를 집어 들다가 문득 가방 속에 넣어 둔 책이 생각나 꺼냈다.

책 제목은 『가을에게, 봄에게』. 서로 만날 수 없는 봄과 가을이 편지를 주고받는 이야기가 따뜻한 그림과 함께 담겨 있다. 나뭇잎을 책 사이에 넣었다. 점점 짧아지는 탓에 존재감이 옅어지는 가을도 담았다.

오늘도 이 정도면 충분해. 내일은 이 책을 읽어 줘야지. 어떤 장면이 가장 좋았는지 이야기 나누어야지. 봄과 가을의 편지 이야기를 이해할 수 있을까? 내일은 벌써 금요일인데, 아이들에게 자유 놀이 시간을 많이 줄까?

무탈하고 무난하며 무리하지 않은 목요일이 지나간다. 소소하고 소박한 가을 달빛 아래, 담담하고 단단하고 다정한 마음도 함께.

그림자와 함께 춤을

"어이, 이상해 씨! 어디 가?"

'이상해 씨'는 인기 만화 〈포켓 몬스터〉에 나오는 캐릭터(커다란 씨앗을 짊어지고 있는 개구리)다. 더불어 유별난 취향, 남달랐던 생각 때문에 친구들이 만들어 준 내 별명이기도 하다.

괴짜 낭만주의자인 나의 유년 시절은 평범하지 않았다. 가장 아꼈던 바비 인형의 이름을 '춘향'이라 지었고, 공주 놀이가 아닌 님프(그리스-로마 신화 속 자연의 정령)가 되는 상상 놀이를 즐겼다. 사춘기 때도 반항아 대신 관용을 베푸는 '바리데기'의 역할에 빠져 있었다. 또한 '마더 테레사'처럼 숭고한 종교인이 되기를 꿈꿨고, '세계 평화'를 위해 매일 두 손 모아 기도했다.

대부분 사람은 나 혼자서 다른 곳을 바라보는 것을 못마땅하게 여겼다. 또래 친구들은 떨떠름한 표정으로 뒷걸음쳤고, 주변 어른들도 혀를 끌끌 찼다. 갑각류의 속살처럼 물렀던 나는 타인이 쏘는 화살을 견디지 못했다. 점점 의기소침해졌고, 외톨이를 자처할 때가 많았다. 시간이 흐르자 나의 '다름'은 부끄러운 일이 되었고, 세상의 눈치를 보는 것이 익숙해졌다.

분석 심리학의 창시자인 카를 구스타프 융(Carl Gustav Jung)의 그림자 이론에 따르면, 사람의 의식에는 그림자(Shadow)와 페르소나(Persona)가 존재한다. 그림자가 자신이 외면하고 싶을 만큼 불쾌한 부분을 나타낸다면, 페르소나는 타인과 친밀한 관계를 맺기 위해 만들어 낸 사회적 가면이다. 나 또한 '이상해 씨'라는 그림자를 철저하게 숨겨야 한다는 긴장감, 사람들에게 받아들여지고 싶은 간절함이 '뭐든 보통만큼 하는 평균인'이라는 가면을 쓰게 만들었다. 살면서 두꺼운 가면 때문에 사람들과 만나고 관계를 맺는 과정에서 숨이 막힐 듯한 답답함이 종종 느껴졌지만, 애써 무시했다.

하지만 거짓된 나로서 살아간다는 것은 입김에도 흩어지는 지푸라기 집을 짓는 것과 같았다. 결혼과 출산, 육아를 하면서 삶의 버거운 역할과 책임에 결국 무너져버렸다. 남편과 시댁의 갈등 앞에서 완벽한 가정의 범주에서 벗어날까 봐 불안에 떨었다. 까다로운 기질의 아이를 키우면서 엄마로서의 한계에 다다를 때마다 자괴감이 들었다. 무엇보다도 내 삶의 주인공이 더는 내가 아니라는 사실에 비참했다. 일상은 아이 중심으로 흘러갔고, 아이의 욕구가 내 것인 듯 오해할 때가 많았다. 무엇에 기뻐하고, 행복해야 할지 둔감해졌다.

고통이 그치기를 바라는 마음에 과거의 '나'를 반추했고, 부서진 내면의 회복을 위해 할 수 있는 일을 고민했다. 융의 개성화(individuation, 내면 통합과 자기실현)

과정처럼 본래의 나를 찾아가는 여정이 필요했다. 먼저 내 얼굴에서 떨어지지 않고, 생기를 갉아먹는 가면을 벗기로 마음먹었다. 타인의 시선이 깃든 가면을 떼어 내는 작업을 통해 가짜 '나'를 솎아 냈다.

더불어 오랫동안 외면해 왔던 그림자를 대면했다. 하지만 나의 그림자는 타고 난대로, 있는 그대로의 나여서 쉽지 않았다. 한동안 그림자와 엎치락뒤치락하며 접전을 벌였다. 사람들에게 거부당했던 '나'의 본질을 혐오했다. 무리에 속하기 위해 뭐든 감내했던 내 모습이 가여웠다. 그래서 그림자를 품을 수도 없고, 떠날 수도 없었다. 오랜 몸부림 끝에 그림자를 달래고 돌보기 위해 함께 춤을 추기로 결심했다. 그림자와 춤을 추면서 솟구치는 분노의 열기를 식히고, 서글픔의 한기를 따뜻하게 데워 주려고 했다.

첫 번째 춤은 '왈츠', 나를 마주 보는 글쓰기였다. 왈츠처럼 그림자의 양손을 붙잡고 정면으로 응시했다. 책상 앞에 앉아 혼자서 내 마음을 드러내는 문장 몇 줄을 끄적이다가, 온라인 글쓰기 카페로 옮겨 내 삶과 일상의 사유에 대해 글을 썼다. 그 후 나를 되돌아보는 글쓰기로 표현물을 만들겠다는 용기가 생겼다. 그 용기는 실천으로 이어졌고, 공저 에세이 『목요일의 왈츠』와 첫 단행본 『불혹, 옛사람의 치맛자락을 부여잡다』를 출간했다. 나의 글쓰기는 유려한 미사여구는 찾아볼 수 없고 투박했다. 하지만 진솔하게 고백하는 마음으로 글 쓰는 사람이 되고자 했다. 퇴고를 거듭하는 동안 현존하는 나를 담담하게 조망할 수 있었고, 그 덕분에 성장과 성숙이 향하는 곳을 가늠했다.

두 번째는 '배움'이라는 탭댄스를 췄다. 아이를 업고 책을 읽을 정도로 틈틈이 독서하는 리듬을 내 것으로 만들었다. 책을 통해 얻은 지혜가 휘발되지 않도록 독서 모임에도 꾸준히 참여했다. 동시에 방송통신대학교 유아교육학과에 입학했다. 명확하게 보이는 것은 아니었지만, 내가 진정으로 원하는 신념의 방향으로 꿋꿋하

게 걸어가기 위해서였다. 졸업 후에도 무언가를 배우고
자 하는 경쾌한 스텝을 이어 갔다. 대안교육에 대한 새
로운 꿈을 품고, 대학원에서 교육실천철학을 수학했다.
대학원 수업을 통해 한 마음 아래 다채로운 생각을 주
고받으며 교육에 대한 시야를 넓힐 수 있는 것에 감사
했다.

세 번째 춤은 내면 깊숙한 곳의 감정과 감각에 따라
즉흥적으로 추는 '플라멩코'였다. 최근에 정서 놀이 강
사, 현대 문화예술 모임, 글쓰기 및 독서 모임 등 다양
한 분야에 종사하는 이들 중 지향하는 바가 일치하는
사람들과 교류하고, 실험적인 프로젝트에 참여했다. 감
정 글쓰기 모임으로 인연을 맺게 된 작가님 덕분에 난
생처음 라디오에도 출연했다. 라디오를 통해 내 목소리
를 전한다는 게 긴장되었지만, 솔직한 생각과 감정을
마이크 너머로 표현할 수 있음에 묘한 해방감을 느끼기
도 했다. 그 후 함께 방송했던 동갑내기 작가님에게서
첫 단행본 출간을 축하하는 편지를 받았다. 편지 내용

중 우리는 나이만 같은 게 아니라 삶을 살아가는 관점도 닮았다는 문장에 오래 머물렀다. 유일한 고독과 고립의 긴 터널에서 벗어나 빛 한 줄기를 만난 기분이었다. 꾸밈없는 진짜 '나' 자체로 다른 이와 연결될 수 있다는 사실에 눈시울이 붉어졌다.

  '나'라는 존재는 줄곧 장미 정원에 불시착한 풀씨였다. 우아하고 아름다운 장미 사이에서 풀이 되어 초라하게 살아가는 게 불행했다. 장미가 되려고 애를 썼지만, 실패와 좌절의 순간이 반복되었다. 깨금발로 태양을 바라보다가 가시에 찔렸던 날에는 명랑한 '나'를 내던지고 숨죽여 울곤 했다. 하지만 삶의 폭풍우 속에서 그림자와 춤추니, '나다움'이라는 숲으로 오게 되었다. 숲에는 개별성을 지닌 생명체들이 각자의 존재적 의미를 존중하며 공생했다. 그들은 화이부동(和而不同)의 이치로 나다운 나를 지키면서 타자와의 화합을 위해 노력하는 공동체를 이루고 있었다. 그곳에 뿌리를 내렸더니 내기 어떤 풀인지 더 선명하게 보였다.

내 인생의 목요일과 삶의 후반부를 준비해야 하는 불혹, 그림자는 더는 불편한 존재가 아니다. 서로를 빛나게 해 주는 최고의 댄스 파트너이자 나답게 살아갈 수 있는 곳으로 인도하는 안내자다.

다음에는 그림자와 어떤 춤을 춰야 할까? 마음이 아픈 사람들의 손을 어루만지며 강강술래를 춰야 할까? 자신만의 색이 확고한 아이들과 함께 스트리트 댄스 배틀을 해야 할까? 그림자와 함께하는 다음 무대가 기대된다.

금
요
일

기다림은 어른의 취미

드디어 금요일이다. 이번 주는 유난히 길었다. 하고 싶은 일을 고스란히 묻어 두고 해야 할 일만 해내는 데도 허덕이던 한 주였다.

아이의 원정 축구 경기를 따라 한 번도 가 본 적 없는 도시에 다녀왔고, 새로운 단원의 수업을 앞두고 수업 자료를 모두 새로 만들었다. 중간고사 채점 결과를 확인하기 위해 꼼꼼히 재채점했고, 곧 있을 학교 행사 기획안을 마무리해 결재받았다.

한 주를 시작하며 '이번 주에 해야 할 일을 모두 해낼 수 있을까?' 염려했던 것이 무색하게 모든 것을 해냈다. 그리고 너무도 기다리던 주말이 코앞으로 다가왔다. 기쁘지 않을 이유가 없다!

기다림에 익숙해진다. 그 기다림은 '무작정'과는 멀고 '부단히'와는 가깝다. 대단한 것을 얻기 위함이 아니다. 당연히 오는 주말을 기다리는 데도 '부단한' 애씀이 수반된다.

그래도 주말을 기다리는 마음은 낫다. 말 그대로 '기다리면' 자연스럽게 오니까. 해내야 할 것을 다 해내지 못하더라도, 애씀에 실패하더라도 주말은 오고 마니까. 언젠가는 올지 모른다는 간절한 바람으로 기다리는 것들도 있다. 아무 걱정 없는 평안한 삶이 그렇고, 어떤 일에도 종종거리지 않는 마음이 그렇고, 불안하지 않은 미래가 그렇다.

오래전, 어떤 사람을 좋아하냐는 질문에 '나를 기다리게 하지 않는 사람'이라고 답할 만큼 기다리는 일에는 취미가 없었다.

친구를 사귀어도 금세 깊은 마음을 드러냈고, 이성을 좋아해도 금방 사랑에 빠지곤 했다. 물론 그 마음이 식는 데도 오랜 시간이 걸리지 않았다. 기다리는 일에 젬

병인 탓에 시험도 늘 벼락치기로 치르기 일쑤였다. 짧게 애쓰고 금세 결과를 볼 수 있는 일이 좋았다. 운이 좋았는지 대체로 오래 기다리지 않아도 꽤 만족할 만한 결과를 얻는 삶이 반복되었다. 간절한 일일수록 기다리고 버텨야 한다는 것을 알지 못하던 그때의 나는 참으로 어렸다.

나의 첫 기다림은 임용이었다. 재수해서 합격했으니 누군가에게는 기다림이라는 단어를 쓰기에 너무 짧은 공부 기간이었는지도 모른다. 하지만 대학원까지 마친 뒤 이어진 재수였기에 내가 임용에 합격할 당시 나이는 스물여덟이었다.

이십 대를 오롯이 대학에서 공부하며 보낸 셈이다. 길고 긴 이십 대였다. 무엇을 하며 먹고살아야 할지 막막하던 그때, 매일 밤 악몽에 시달리면서도 첫차를 타고 도서관으로 향하던 그때. 어떤 일은 간절히 기다릴 수밖에 없다는 것을 피부로 배웠다. 그 기다림의 시간은 전혀 자연스럽지 않았다. 부단한 애쓴 끝에, 첫 기다림의 시간은 무사히 나를 다음 챕터로 넘겨주었다. 어렴풋이 배웠다. 기다림은 애씀이고, 애쓴 기다림은 그냥 흘러가 버리지 않는다는 것을.

  첫 기다림이 나의 이십 대를 관통하는 것이었다면, 두 번째 기다림은 나의 삼십 대를 지배한 것이었다. 이 기다림은 여전히 진행형이고, 내 삶이 끝나는 날까지 이어질 것이기에 더 간절하고 묵직한 것이기도 하다. 바로 아이를 낳아 키우는 일이다. 육아는 기다림의 연속이었다. 콩알만 하던 아이가 눈코입을 갖추고, 손가락 발가락을 키우며 세상에 태어나기까지 열 달. 마음대로 흔들리던 목을 스스로 가누고, 누워만 있던 몸을 뒤집고, 벽을 잡고 서고 걷기까지 일 년. 의미 없는 옹알이가 단어가 되고 문장이 되어 제법 사람처럼 말하게 되기까지 이 년. 그 후로도 계속되는 기다림의 시간이 있었다. 여전히 아이의 자람을 기다리고, 아이의 다음을 기대하는 엄마가 되고서는 기다림이 취미가 되었다.

이제는 확실히 안다. 간절한 일은 반드시 기다림 끝에 오고, 기다림 끝에 얻은 것은 쉽게 얻은 것보다 더 귀하고 가치 있다는 것을.

첫 번째 기다림과 두 번째 기다림은 내 생을 송두리째 뒤흔든 거대한 기다림이었다. 기다리는 마음이 어떤 마음인지 알게 하고, 기다리는 시간을 어떻게 보내야 하는지 알게 했으니. 더는 기다리는 일이 마냥 싫지 않다. 어떤 일은 반드시 기다려야만 한다는 것을 이제는 안다. 덕분에 조금은 담대한 마음으로 숱한 기다림의 시간을 보낸다. 그 끝에 다가오는 것들은 지금보다 나은 것들이리라 감히 바랄 수도 있다.

안다고 해서 힘들지 않은 것은 아니다. 거대한 기다림이 버거운 순간에 나를 일어서게 하는 것은 소박한 기다림들이다. 요즘 내가 매일 기다리는 것은 맑은 하늘이고, 무탈한 내일이며, 평온한 주말이다. 얼마 동안 날이 어찌나 흐리기만 하던지, 종일 맑은 하늘을 간절히 기다리게 된다. 햇살 품은 푸른 하늘이면 무거운 몸도 훨씬 가뿐해질 것 같다. 무거운 마음은 말할 것도 없고. 매일 크고 작은 이벤트로 가득한 하루하루를 보내다 보니, 무탈한 내일만큼 간절한 것도 없다. 내일은 제발 아이들이 아프지 않았으면, 학교에서 새로운 일이 터지지 않았으면, 준비한 수업이 제대로 됐으면 바란다. 그것만으로도 꽤 괜찮은 하루일 테다.

여기서 조금 더 욕심을 낸다면, 평온한 주말을 기다린다. 특별한 과업이 없는 주말, 무작정 시간을 흘려보내도 되는 주말, 충분히 자고 느지막이 일어나 아침 겸 점심을 먹고 아이들과 동네 산책 정도만 해도 좋은 주말. 그런 주말이 얼마나 평범하고 귀한지, 이제는 확실히 안다.

그러고 보니 오늘은 그야말로 완벽한 기다림이 완성된 날이다. 휴대전화의 날씨 앱에서는 내일 날씨가 '종일 맑음'을 예고하고, 폭풍 같은 한 주를 보낸 덕분에 내일은 무탈할 것이며, 심지어 그 내일은 주말이다. 아이들에게도 이번 주말에는 늘어지게 늦잠을 자겠다고 선언해 두었으니 더할 나위 없다. 이런 작은 기다림이 모이고 모여 언젠가 나를 내가 원하는 삶 앞에 데려다 줄지도 모른다.

이제 기다림은 나의 가장 애틋하고 자랑스러운 취미다.

금요일을 좋아하는 이유

오늘은 내가 좋아하는 금요일이다. 금요일을 좋아하는 이유는 주말인 토요일과 일요일에 나름의 일상 루틴을 만들어 놓았기 때문이다.

요즘 나의 가장 큰 관심은 '건강'이다. 부모님이 아프시기 전에는 '일상생활을 하는데 어디 아프지만 않으면 되지 않아?' 정도로 생각했다. 하지만 부모님 모두 건강이 나빠지면서 거동이 불편해지고 남의 도움이 있어야만 일상생활을 유지할 수 있는 모습을 보며 건강의 중요성을 체감했다. 지금까지 내 손으로 밥 먹고 내 다리로 걸어 다닐 수 있는 것이 얼마나 중요한 일인지 몰랐다. 부모님에게 식사를 떠 드리고, 대소변을 대신 처리하면서 그제야 깨달았다.

나 스스로 움직이지 못하는 것은 자신에 대한 최소한의 존중과 자존심을 내려놓게 만든다. 그래서 건강을 지키기 위해 선택한 것이 운동이다. 나에게 운동은 생존을 위한 노력이라 할 수 있다. 취미생활이 아닌 일상으로 운동을 하고 있다.

평일 오전에는 주 2회씩 헬스와 필라테스를 하고, 하루 남는 날에는 유산소 운동을 한다.

처음에는 힘에 부치기도 했지만, 이제는 일상이 되어 아침에 일찍 일어나고 운동으로 하루를 시작한다. 필라테스를 하면서 뻣뻣하던 몸도 많이 유연해졌다. 어느 정도 시간이 흐르자 어느 부위를 운동하는지 알게 되고 움직임도 느껴지면서 내 몸을 바르게 쓰는 것이 느껴진다. 덕분에 자세도 많이 좋아졌다. 유산소 운동을 하는 날에는 자전거를 타거나, 러닝머신에서 뛰거나, 천국의 계단이라는 스텝 운동을 한다. 옷이 땀에 흠뻑 젖을 정도로 운동하면 숨이 차기도 하기만 오히려 개운한 느낌이 든다.

이제는 식단도 신경을 쓰면서 내가 할 수 있는 한도 내에서 가공식품은 최대한 줄이고 집에서 음식을 해 먹는다. 운동을 열심히 했으니 근육이 잘 생기기를 바라며 단백질도 신경 써서 챙겨 먹는다. 내가 자고 생활하는 장소를 늘 쾌적하게 만들고 싶어 수시로 쓸고 닦고 침구도 자주 세탁한다. 저녁에 깨끗한 잠옷을 입고 뽀송하게 세탁한 이불 속에 들어갈 때면 천국이 따로 없는 기분이다. 요즘에는 캔바라는 디자인 툴에 관심이 생겨 인터넷으로 강좌도 듣고 실습도 하고 있다.

무라카미 하루키의 한 인터뷰가 깊이 기억에 남아 있다.

"소설 집필 모드에 들어가면 새벽 4시에 일어나 대여섯 시간 동안 글을 씁니다. 오후가 되면 10km를 달리거나 1,500m 정도 수영을 합니다. 둘 다 할 때도 있고요. 그런 다음 잠시 책을 읽고, 음악을 듣습니다. 밤 9시에는 잠자리에 듭니다. 저는 이 루틴을 매일 변함없이 지킵니다."

물론 나는 무라카미 하루키도 아니고 저렇게 엄격한 루틴을 만들어 생활하지 않는다. 다만 지금의 이 루틴이 계속 이어져 건강을 유지하고 체력을 좀 더 높여 주기를 바랄 뿐이다. 헬스를 할 때는 하루는 상체, 하루는 하체로 나누어 운동한다. 특히 하체 운동을 하는 날이 많이 힘들다. 금요일에 하체 운동을 마치고 나올 때면 속으로 이렇게 생각한다.

　'이번 주에도 운동 다 했다. 이제 주말에 쉬어도 되겠군.'

　일상생활이 타인의 도움 없이 길게 이어지기를 바라는 마음으로 내 루틴에 충실하게 살고 있다. 주중 닷새를 알차게 보냈기에 금요일이 되면 좀 쉬면서 주말을 즐겨야지 하는 생각이 든다. 한편으로는 '한 주가 벌써 지나갔나?' 하며 빠른 시간의 흐름에 놀라게 된다. 금요일 저녁이 되면 내가 계획한 대로 생활한 나 자신을 칭찬해 주고 싶다.

누구는 루틴대로 사는 삶이 지겹지 않냐고 물을 수 있다. 하지만 평범한 하루하루가 모여 나를 만든다고 생각한다. 누구에게 보여 주는 하루가 아니라 자신에게 충실한 하루가 되었다면 그것으로 만족한다.

다른 사람들은 금요일이 되면 어떤 기분일까?

'이제 주말이다!' 하는 해방감을 느끼며 닷새 동안 팽팽하게 유지했던 긴장감이 조금은 풀릴 것이다. '주말'이라는 휴식이 다가오기에 미루었던 약속도 하고 내 시간을 즐길 준비도 할 것이다. 한편으로는 금요일이라 기분은 좋지만 한 주 동안 피로가 누적되어 몸은 지쳐 있을 수도 있을 것이다.

'이번 주말에 무엇을 하며 피로를 풀까?' 생각도 할 것이다. 나도 비슷하다. 금요일 밤, 한 주 동안 열심히 산 나에게 앞으로도 계속 이 루틴을 이어 가고 중간에 지쳐 포기하지 말라는 의미로 주말에 무슨 선물을 줄지 생각해 봐야겠다.

지금 생각나는 것은,

늦잠을 자고 일어나 스테이크를 구워 신선한 채소와 함께 천천히 맛을 느끼며 먹기.

더 추워지기 전에 바이크 타고 바람을 가르며 달리기.

근처 학교 운동장을 걸으며 낙엽을 보고 늦가을을 만끽하기.

포근하고 따뜻한 겨울 침구로 바꾸기.

매운 콘치즈와 평화

　월화수목금 다섯 번의 아침을 깨우려는 엄마와 깨지 않겠다는 큰아이와의 전쟁도 잠시 휴전이다. 일찍 자라는 잔소리도, 내일 아침에 못 일어나기만 해 보라는 엄포도 쉬는 날이다. 엄마 포지션에 있는 나도, 학생 포지션에 있는 아이도 늘어지는 게으름이 눈엣가시처럼 박히지 않는 금요일 밤. 이 시간만큼은 우리에게 자유가 허락된다.

　오늘만큼은 야식을 참는다며 굶주린 배를 움켜쥐지 않아도 된다. 큰아이는 자기가 좋아하는 아이돌 영상을 보려고 이불 속에 숨지 않아도 된다. 일찍 자기 싫다고 칭얼거리는 작은아이를 달래지 않아도 된다. 취침을 알리는 밤 10시 알람 소리를 가볍게 끈다.

드르륵. 캔 옥수수 뚜껑 따는 소리에 흥얼흥얼 콧노래를 부르며 프라이팬에 버터를 녹이고, 노란 옥수수 알갱이 위에 시판용 불닭 소스를 옥수수가 주황빛이 될 때까지 뿌린다. 조각 난 모차렐라 치즈를 아낌없이 올리고, 뚜껑을 덮어 약불에 10분. 냄비 뚜껑을 열면 하얀 치즈가 붉은빛을 내며 쭉쭉 늘어나는 매운 콘치즈가 완성된다.

이 모습을 보기 위해 참아온 다섯 밤의 고통이 치즈가 녹아내리듯 스르륵 녹아 꼬르륵 뱃속을 자극하면, 입안 가득 매콤함과 고소함과 달콤함이 퍼지는 상상만으로 목젖 가까이부터 자극된 침샘이 꿀꺽 군침을 삼킨다.

평일이었다면 상상만으로 그칠 비주얼이 눈앞에 펼쳐지는 지금. 내일 아침에는 매운맛에 강타당해 불타오르는 배를 부여잡고 욕실 앞에서 서성일 필요가 없다. 아픈 배가 진정될 때까지 화장실에 앉아 있어도 아침 지각에 마음 졸일 필요가 없다. 나 다음으로 욕실을 써야 하는 가족 때문에 눈치 볼 필요도, 눈치 줄 필요도 없다. 내일에 걱정 없는 평화로운 금요일 밤 야식으로는 매운 콘치즈는 탁월한 선택이다.

모락모락 김을 내며 쭉쭉 늘어나는 매운 콘치즈를 후후 불어 입에 넣으면 월화수목금 아침까지 등에 매달려 있던 고단함과 피로함으로부터 해방되는 느낌이다. 입안이 얼얼해질 때쯤 매운맛을 녹여 줄 살얼음이 살짝 올라간 시원한 캔 맥주 한 모금! 청량함에 터져 나오는 '캬!' 감탄사가 비로소 금요일 밤을 알리는 팡파르처럼 귓전을 때린다.

이 기세를 놓칠세라 미간은 팽팽하게 주름을 없애고, 눈은 반달 모양을 하고, 입가는 미소로 꽃피운다. 내가 야식에 빠질 때쯤 큰아이는 당당하게 패드를 켜고 아이돌 덕질에 깔깔깔 맘껏 웃고, 작은아이는 자기만의 놀잇감을 한 아름 안고 엉덩이가 들썩들썩 신이 난다. 각자 다른 모습으로 금요일 밤을 즐기는 우리는 너나 할 것 없이 같은 모양으로 꼭 맞아떨어진다.

"매일매일 금요일이면 좋겠다."

토요일에도 학교에 가고 직장에 다니던 당시에 했던 말을 토요일에 학교도 회사도 쉬는 지금 하게 될 줄이야.

"나는 맨날 금, 토, 일만 있으면 좋겠어."

매일 아침 일찍 일어나야 한다는 버거움을 끌어안고 매일 밤 덕질을 참아야 하는 큰아이 입에서 듣게 될 줄이야.

"금요일이니까 밤 12시에 잘 거야."

밤 12시가 뭔지도 모르는 작은아이 입에서마저 금요일 예찬을 듣게 될 줄이야.

매일 아침 자신의 몫을 어깨에 메고 나서는 현관 밖 세상에서 홀로 고독함과 싸우며 잘 버텨 낸 우리에게 금요일 밤이 주는 느긋함은 지난 닷새에 대한 보상이자 위로 같다.

쭉쭉 늘어나던 콘치즈가 제법 식어 치즈가 꾸덕꾸덕 해졌다. 쭉쭉 늘어나는 게 모차렐라 치즈의 맛인데 금요일 밤에는 모차렐라 치즈도 제 역할을 하지 않고 게으르게 퍼져 있다. 마치 금요일 밤만큼은 조급함 없이 쉬어도 괜찮다는 말을 꾸덕꾸덕해진 치즈가 몸소 보여 주는 것 같아 우습게도 좋다.

띠리릭.

가스 불을 켜고 꾸덕꾸덕해진 매운 콘치즈를 다시 데운다. 얼마 지나지 않아 쭉쭉 늘어나던 치즈가 다시 꾸덕꾸덕해지겠지만 괜찮다. 여러 번 치즈를 녹이는 밤이면 어떤가. 젓가락 끝에 걸리는 매운 콘치즈를 다시 입에 넣고 시원한 맥주 한 모금을 마신다. 어느 날에 먹는 야식보다 오늘 밤 야식이 게을러서 좋다. 고요를 강요받던 어제와 다르게 아이들 웃음소리로 집 안이 가득한 오늘이 흥겨워서 좋다. 같은 모양으로 꼭 맞아 행복한 우리의 금요일 밤이 느리게 느리게 흘러가면 좋겠다.

소소한 행복의 온도 36.5도

"선생님한테 오늘 컴플레인이 걸렸어요."

"뭔데요?"

"선생님 표정이 너무 무섭다고 하네요."

"어느 학생일까요? 좀 더 신경 써 줘야겠네요."

"○○○이요."

"모르는 학생인데요?"

"네, 맞아요. 다른 반이에요. 그래도 한 학원 안에 있으니 좀 웃는 모습으로 다니셔도 좋지 않을까요?"

어쩌란 말인가. 소등하고 학원 문을 잠근 뒤 엘리베이터 버튼을 누른 순간 탁 하고 풀리는 소리가 들린다. 마음속 깊이 눌러 담았던 짜증이 슬슬 올라온다. 이 예민해진 감정을 잠재울 음식은 명란이다. 애잔한 직장인의 금요일 밤에는 짭조름한 명란이다.

잡내 없이 신선한 명란을 기름 두른 프라이팬이나 오븐에 서서히 구워 준다. 치익 소리를 내는 명란. 타지 않게 적당히 익은 명란을 젓가락으로 살짝 뒤집을 때마다 껍질이 터질까 봐 조심스러워진다. 그 얇은 막이 마치 하루 종일 버텨 온 내 마음 같다. 죄책감을 덜기 위해 저칼로리 마요네즈와 아삭한 식감을 살려 줄 오이도 먹기 좋게 썰어 준다. 명란을 마요네즈에 찍어 짭조름하면서도 담백한 맛을 즐긴다.

입가심으로 삼킨 맥주는 묵은 체증을 모조리 걷어 간다. 불 위에서 천천히 익어 가던 명란처럼 나도 하루의 불길 위에서 노릇하게 익어 갔을 것이다. 씻나락 까먹는 소리에 달달 볶이는 내 모습이 애잔하기도 하지만, 이 또한 내 일상임을 받아들여야지. 뭉근히 풍겨 오는 짠 내. 그 향이 금요일 저녁의 위로다.

"심사 신청하신 도서가 반려되었습니다. 아래의 사유를 확인해 주세요."

"하."

표지 디자인, 내지 편집 등 일주일 동안 신경을 바짝 썼던 자가 출판 편집이 1차 실패했다. '반려'라는 말에 약이 오른다. 부랴부랴 수정해서 다시 제출한다. 애끓는 마음으로 결과를 기다린다.

"도서 승인이 완료되었습니다. 남은 절차를 마무리해 주세요."

또 한 번 해냈다. 부산스러웠던 머릿속을 잠재울 담백한 평화를 안키모 후토마키로 즐겨야겠다. 평온한 금요일 저녁은 안키모 후토마키와 함께다.

불 앞에 서지 않고 오로지 휴식이 필요한 금요일. 수성동 '도링코'에 간다. 1만 5,000원에 안키모가 듬뿍 올라간 후토마키를 맘껏 즐길 수 있다.

동그랗게 말린 흰 김밥, 황금빛이 살짝 도는 안키모가 한가득 올려져 있다. 안키모를 한 입 베어 물면, 미묘하게 퍼지는 고소함이 입천장에 닿는다. 버터처럼 부드럽게 녹아드는 질감, 밥알 하나하나가 그 부드러움을 품는다. 시원한 생맥주 한 모금에 고요함이 목을 타고 내려간다. 투박한 김밥 위에 올려진 안키모. 화려하지 않지만 그 맛은 깊고 잔잔하다. 일주일 동안 쌓였던 피로가 그 깊은 맛 속에서 풀린다. '괜찮아, 이제 좀 쉬자'라고 나를 달랜다. 어둑한 조명 아래 대화는 조용하고 웃음은 낮게 깔린다. 평화롭다.

"지윤아, 너는 늘 평화로워 보이고 행복해 보였어."
"나는 늘 경계선에 서 있는 듯한 기분이었거든. 당장 무슨 일이 일어나도 이상하지 않을 만큼."

마드료시카. 수많은 또 다른 인형을 품고 있는 러시아

인형. 가족 앞에서 회사에서 그리고 친구들 앞에서 다른 모습을 내보이지만, 진짜 내 모습 내 마음은 뭔지 몰라서 헷갈린다. 담백하고 숨김없는 진실한 대화가 필요한 금요일 저녁은 김치찌개와 함께한다.

묵은 김치를 냄비에 넣고, 돼지고기를 아낌없이 넣는다. 기름이 배어 나오며 고기가 노릇하게 익을 때 김치에서 나는 매운 냄새가 기분 좋게 올라온다. 물을 붓고, 고춧가루 한 숟가락, 다진 마늘과 파를 듬뿍 넣는다. 뚜껑을 덮고 푹 끓이는 동안 고기가 익고 김칫국물이 배어 들고, 양파의 달큰한 향이 퍼지기까지 시간이 걸린다. 그 시간은 누구에게도 말하지 못한 감정을 솔직하게 털어놓을 수 있는 진짜 친구가 되는 과정과 비슷한 것 같다.

돼지고기 기름이 국물에 녹으며 부드러운 단맛을 만들고, 김치의 매운맛이 그 단맛을 받쳐 준다. 맥주 한 모금을 마신다. 김치찌개의 매운 기운을 맥주가 식혀

주고, 입안에는 고소함이 남는다. 거창한 행복은 아니지만, 확실히 지금 이 순간은 나를 안도케 한다. 누군가는 화려한 조명 아래에서 웃겠지만, 나는 이 소소한 온도 속에서 지친 마음을 달랜다.

명란의 짠맛으로 하루를 태우고, 안키모의 부드러움으로 평화를 삼키고, 김치찌개의 국물로 위로를 삼킨다. 그 모든 맛이 내 안에 남아 고된 일주일을 다독인다. 오늘의 한 잔은 세상에 대한 건배가 아니라, 나 자신에게 보내는 작은 격려다.

"수고했어."

그 말을 삼키며, 또 한 모금의 위로를 마신다.

토
요
일

천천히 걷기

토요일 아침이다. 직장을 그만둔 지 한 달이 지났다. 그 사이 저녁 시간이 길어졌고 아침잠이 늘었다. 깨자마자 벌떡 일어나지 않아도 된다. 휴대폰을 들고 화장실에 앉아 느긋하게 밤사이 일어난 흔적들을 뒤적일 여유도 생겼다.

친구로부터 걷기에 좋다고 광고하는 신발을 선물로 받았다. '새로운 출발을 응원한다'라고 적힌 카드가 있었다. 한동안 책상 위에 올려두었던 것을 신고 천천히 걸어 보았다. 각오했던 만큼 걷지는 못했지만, 골목 안이나 사람들의 표정 같은 풍경을 찬찬히 바라보는 시간을 가질 수 있었다.

목적지를 향해 걸을수록 점점 더 내면 깊숙이 여행하게 된다. 천천히 걷는다는 것은 우리네 인생과 같다. 한 걸음 내딛고, 다시 한 걸음을 이어 가는 단순한 반복 속에서 천천히 앞으로 나아가는 것이다. 걷다 보면 때론 외롭고 쓸쓸하겠지만 거울을 보는 것처럼 나를 마주하게도 되고 복잡하게 얽혀 있던 실타래가 스르르 풀리는 경험도 하게 된다.

아침 산책을 하고, 차를 마시고, 책을 읽고, 그리고 이른 점심을 먹는다. 이렇게 여유로워도 되나 싶다. 오늘은 토요일이고 또 새로운 다음 주가 기다리고 있으니 괜찮다.

내게 토요일 오전은 걷고 사유하고 위로하는 시간이다. 퇴직한 지금도 마찬가지다. 두 번째 인생을 시작하기에 앞서 스스로 위로하고 방향과 태도를 점검한다. 조급하지 않아도 된다. 살아보니 '절대'라는 것도 없고 '반드시'라는 것도 없더라. 그렇게 토요일의 아침은 주중의 속도와 다르게 천천히 흘러간다.

요즘은 내 생에 처음으로 맞이하는 주말 같은 시간이다. 회사를 그만두고 나니 매일이 휴일처럼 느껴지지만, 토요일은 엄연히 공기가 다르다. 정확히 설명하긴 어렵지만 어쩐지 느긋한 일상에도 불안하지 않고 안심이 된다. 내일 일요일이 있으니 다시 월요일이 된다는 사실이 까마득한 먼일처럼 느껴진다.

얼마 전에 아내가 패키지여행을 다녀왔다. 첫째 날 버스 앞줄에 앉았다가 다음 날에는 슬금슬금 뒤로 가서 앉았다고 한다. 가이드가 열심히 설명하는데 자꾸 꾸벅꾸벅 졸게 되니 미안했단다. 패키지여행은 늘 잠이 온다. 자기 주도적으로 여행을 하지 않기 때문이다. 반면 가이드는 여행객 모두를 이끌고 무사히 여행을 마치고 돌아오는 것이 그의 일이다. 그 일을 잘 해낼 때 그에게 명예가 생긴다. 자신의 일을 계획한 대로 감당해 낼 때 의미가 있고 권위가 생기는 것이다.

내 인생을 가이드처럼 살 것인지 아니면 패키지여행 객처럼 그냥 따라다닐 것인지 생각하고 있다. 답은 정해져 있고 나는 정답을 이미 알고 있다. 아는 대로 산다는 것이 말처럼 쉽지 않은 게 문제다.

지난 인생을 돌아보니 군대를 다녀오고부터 태도가 조금씩 달라지기 시작한 것 같다. 군대는 마치 환승 정류장 같은 곳이었다. 잠시 쉴 수도 있고, 방향을 바꿀 수도 있다. 하지만 제대하고 나니 더 이상 어리바리하게 살았던 이전의 상태로 살아갈 여유가 없다는 것을 알게 되었다. 잘 짜인 시간표만 따라 멍하니 살아서는 과정이든 결과든 뻔한 인생이 되었을 것이다. 하고 싶은 공부를 시작했고, 여행을 다녔고 책을 읽었다. 그리고 세월이 많이 지나 토요일 같은 오늘이 되었다.

토요일 아침 분위기는 일주일을 어찌 살았느냐에 따라 달라진다. 요즘처럼 내가 하고 싶은 일을 계획하고 목록을 하나씩 지워 나가면 뭔가 대단한 것을 해낸 것 같은 뿌듯함이 있다. 눈에 보이는 성과와는 무관하다. 여행 가이드의 역할처럼 '내가 주도적으로 했다'는 데

만족을 느낀다.

시대의 흐름에 맞춰 살았던 시절도 있다. 뭔가를 자꾸 배워야 했고, 그것을 돈을 벌기 위한 목적으로 연결해야 했다. 가장으로서의 책임감이라는 끈에 매여 그 반경을 벗어나기 힘들었다. 하지만 나이가 오십하고도 중반을 훌쩍 넘어선 지금은 다르다. 나 자신이 내 인생의 진정한 가이드가 되고 있다. 지난 세월은 지나간 대로 의미가 있고 지금은 마치 토요일처럼 다시 시작할 꿈을 꾸며 잠시 쉬었다 갈 수도 있다.

토요일 아침의 자유로움은 천천히 걷기를 통해 풍성해진다. 거칠었던 한 주의 노고와 아쉬움과 좌절의 시간을 돌아보고 스스로 위로하는 시간이다. 한 걸음 한 걸음 내딛다 보면 잊힐 것과 선명히 기억해야 할 것이 구분되고 감사하게도 다시 내 의지대로 시작할 용기를 얻는다.

그렇게 천천히 토요일 아침을 걸어 본다.

Do not Disturb

'취미가 뭐예요?'

음악 감상, 독서, 영화 감상, 일본 만화 보기, 레고 조립하기, 그림 그리기, 악기 연주하기, 달리기, 테니스, 탁구, 축구, 야구, 골프, 등산, 볼링, 복싱, 주짓수, 클라이밍, 자전거 타기, 스킨스쿠버, 서핑…. 말하다 보니 끝이 없다. 정적이든 동적이든 이렇게 많은 취미 활동이 있다는 게 새삼 신선하기까지 하다. 취미에도 유행이 있다고, 테니스가 한창 유행할 땐 테니스를 검색했고 러닝이 유행인 요즘에는 괜히 런닝화를 검색하기도 했다.

하지만 나의 취미는 음악 감상, 독서, 영화 보기였다.

고등학교 동창 A는 이십 대에 등산을 시작했다. 스무 살, 젊음과 열정만 가득한 시절. 밤이면 술집으로 클럽으로 몰려다니며 피 끓는 청춘의 열기에 들떠 방황하던 시절. 간밤의 여파로 아침이 없는 주말을 보내기 일쑤였던 그 시절에도 A의 토요일 새벽은 산을 위한 시간이었다. 그렇게 등산은 A의 취미가 되었다. 토요일만 되면 등산화를 신고 작은 배낭을 챙겨 집을 나섰다. 결혼 후에는 남편을 부추기기도 했고, 이웃사촌에게 동행을 권하기도 했다. 하지만 몇 번 따라나섰던 남편이나 이웃들은 그녀의 등산 사랑을 따라갈 수 없었다. 그렇게 또 시간이 흘러 A는 혼자 다니는 등산의 즐거움을 알게 되었고, 홀가분함과 자유로움에 숨통이 트이는 것 같다고 했다.

"혼자 다니면 무섭지 않아?"

"산에 가면 다 친구야."

어른스럽지 못한 내 질문에 A는 웃음으로 대꾸했다.

"너도 같이 가자."

등산 가자는 권유에 한 번도 따라나선 적 없었던 나는
더 이상 핑계를 대다간 손절당할 것 같은 위기감에 따
라나섰다. 헉헉거리며 겨우겨우 따라 올라간 정상에서
브이를 만들며 인증샷을 남겼다. 진한 우정의 표시였
다. 하지만 현실의 나에겐 알이 배긴 종아리와 움직일
때마다 자동 재생되는 곡소리만 남았다.

우리나라 명산은 물론, 어디선가 들어 봤을 법한 산이
란 산은 A의 발아래 있었다. 산 정상에 있는 '~봉'이라
고 새겨진 바위 옆에서 찍은 인증샷, 눈 내린 겨울의 멋
들어진 설산, 알록달록 단풍이 화려한 가을 산. 사시사
철 계절이 바뀌는 것을 A의 카카오톡 프로필 사진으로
확인할 수 있었다.

작년 연말이었는지 올해 초였는지, 암튼 매서운 바람
과 추위가 기승을 부리던 어느 날 A의 프로필 사진에서
산이 사라졌다. 그맘때면 올라오던 눈 덮인 덕유산이나
눈 쌓인 한라산 사진이 보고 싶어 그녀의 프로필을 찾

아 들어갔지만, 프로필은 비어 있었다. 봄이 되어도 흐드러진 벚꽃이 만발한 이름 모를 산의 등산로도 볼 수 없었고, '~봉'이 새겨진 바위 사진은 눈을 씻고 찾아봐도 보이지 않았다.

  햇살이 유난히 따스하던 오후 2시 무렵, 점심 식사 후 몰려오는 식곤증을 이기려고 정신이 확 맑아지는 껌을 입 안 가득 씹으며 신호등을 눈이 빠지게 쳐다보고 있었다.

 '출퇴근 시간도 아닌데 뭐 이렇게 밀리냐'

 혼자서 구시렁거리며 가다 서기를 반복하고 있었다.

 '띠링.'

 메시지 알림음에 핸드폰을 확인하니 A였다.

 '뭐 해?'

 짧은 메시지와 함께 뜬 그녀의 프로필 사진.

 낯설었다.

 까만 눈동자, 눈동자보다 더 새까만 귀와 윤기 나는 갈색 몸, 짧은 다리. 현실감 없는 귀여움에 눈을 뗄 수 없었다.

바로 통화 버튼을 눌렀다. 몇 달 만에 하는 통화였지만 안부도 인사도 없었다. 궁금한 것부터 바로 물어보는 찐친 바이브. 막히는 대로를 지나 집에 도착해 주차장에 차를 세울 때까지 꼬리에 꼬리를 무는 아줌마 수다는 이어졌다. 시시껄렁하고 유치한 대화 끝에 건진 핫 뉴스는 A의 무릎 십자인대 수술. A는 겨우내 병원과 집을 오가며 치료와 재활을 반복했다고 했다.

'앞으로 등산, 달리기, 갑자기 뛰거나 멈추거나 하는 동작은 절대 하시면 안 됩니다.'

무릎을 수술한 의사가 신신당부했단다. 누구보다 등산에 진심이었던 그녀의 취미가 사라졌다. 등산이 빠진 자리, 닥스훈트가 그녀의 프로필에서 웃고 있었다.

"야, 너 등산 안 하길 진짜 잘했다."

뭐라고 위로의 말도 제대로 건네지 못한 나에게 A가 던졌다.

"근데, 넌 취미가 뭐였지?"

우물쭈물하는 나에게 A가 물었다.

"나? TV 봐."

"그게 무슨 취미냐."

내 취미는 OTT 감상이다. KBS, MBC, SBS를 보는 것이 아니다. 넷플릭스가 나온 지 얼마 되지 않았을 때, 넷플릭스를 아는 사람이 별로 없을 때부터였다. 학창 시절, 시험 기간에 보는 주말 드라마나 개그콘서트, 웃찾사는 엄마의 등짝 스매싱을 불러왔고, TV를 많이 보면 바보가 된다고 했던 선생님도 계셨다. 하지만 OTT는 달랐다. 세상의 모든 나라에서 드라마와 영화, 다큐멘터리를 만든다는 지극히 당연한 사실이 새삼스러웠다. We are the World! 글로벌 세상이 바로 내 눈앞에 펼쳐졌다.

'외국=미국'이라는 촌스러운 세계관에 갇혀 있던 나에게 개안의 기회가 온 것이다. 신세계가 따로 없었다. 방구석 1열, 온 세상의 영상물을 볼 수 있다니! 도파민과 엔돌핀이 솟구쳤다.

리모컨을 움켜쥐고 정신없이 보고 있노라면 시간은 또 얼마나 잘 가는지. OTT 시리즈는 한번 보기 시작하면 중간에 멈출 수가 없었다. 몰아보기의 지독한 유혹에 빠져버렸다. 새벽 한두 시를 넘기는 건 부지기수였다. 대책이 필요했다. 나와의 타협, 평일엔 시청 금지, 토요일엔 OK. 게임에 빠진 아이들처럼 나에게도 데드라인이 필요했다. 나는 가족들을 불러 앉히고 긴급회의에 들어갔다.

토요일은 자신에게 상 주는 날로 정하자!
각자의 힐링데이로 정하자!

세상 애절하고 간곡한 말투를 장착하고 남편과 아이들을 아련한 눈으로 바라봤다. '누구세요? 눈빛'으로 나를 보는 세 남자의 눈빛에 지지 않고 더 간절한 눈빛을 보냈다. 가족 모두를 위한 시간이라고 강조했다.

가족 모두가 자신만의 시간을 가지는 날,
토요일 하루는 누가 무엇을 하든 OK!

이 얼마나 인류애 넘치는 의견인가. 온 가족 만장일치! 남편은 탁구 동호회에 가입했고, 아이들은 게임 속으로 들어갔다.

나의 토요일은 OTT's Day!
누구의 방해도 없이 오롯이 즐길 수 있다.
'Do not Disturb.'
호텔 문고리 걸어 놓는 그것이 안방 문고리에 걸려 있는 것만 같다.

나는 비로소 알게 되었다. 나의 취미는 요리도 아니고, 드라이브도 아니었다. 누구의 방해도 받지 않고, 침대로 파고들어 이불을 둘둘 말고서 이리저리 몸을 돌려가며 내가 좋아하는 OTT 채널을 보는 것!
나라별? 장르별? 뭐가 좋을까?

미션을 성공하면 스탬프를 찍어 주는 것처럼, 내가 보던 프로그램의 시청이 완료되면 미션 클리어라고 도장이라도 찍어 주고 싶다.

이번 한 주도 고생한 나,
누워라!
보아라!
토요일은 뒹굴뒹굴이다.

비, 여름, 토요일, 다이어리

2025년 6월 21일 토요일, 종일 비가 내렸다.

서울국제도서전 4년 차. 독자로서 방문하던 코엑스몰은 예년과는 다른 온도와 습도로 반겨 주었다. 책을 사랑하고 책과 관련된 일을 하는 무수한 사람을 지나치며 도착한 곳은 '대구 출판 산업 지원센터'였다. 일기 같은 글에 공감해 주고 출간 기회와 응원을 보내 준 담다 출판사가 자리한 부스였다. 인사를 나누자마자 가장 먼저 눈에 들어온 책은 『사랑이라는 시절』. 연둣빛 표지 속 나의 한 시절이 담긴 책을 품에 안았다. 잘생긴 갑천 씨를 자랑하고 단정한 혜옥 씨에 대한 애정을 고백한 나의 첫 책은 오늘 이곳에서 어떤 독자들을 만나게 될까.

떨림과 설렘을 안은 초보 작가의 마음과는 달리, 도서전의 여정은 녹록지 않았다. 크지 않은 출판사의 유명하지 않은 작가의 책은 큰 바다의 모래알 하나에 불과했다. "오늘 출간된 따끈따끈한 신간입니다"라고 목소리를 높이는 일은 출판사에 투고 메일 보내기 버튼을 누르는 것 이상의 용기가 필요했다. 모든 이가 내 책에 관심 가질 것이라는 착각을 깨기까지 오래 걸리지 않았다. 책이 팔릴 것이라는 희망은 책을 훑어만 보고 지나치는 이들에 대한 원망으로 바뀌었다.

오늘을 실망과 절망으로 보내고 싶진 않았다. 크고 작은 출판사의 책들과 이벤트를 살펴보았다. 혼자만 알고 싶었던 배우에서 도서전의 아이돌이 되어 버린 출판사 대표에게 고요한 응원을 보냈다. 독자들에게 둘러싸여 사인하는 유명 작가를 보니 배가 아픈 것만 같았다. 다시 부스로 돌아와 간식을 먹으며 이야기를 나누다 보니 마음이 편안해졌다.

내게 허락된 오후 3시. 출간과 도서전 소식을 듣고 찾아준 이들을 보자마자 울컥했다. 두 손을 잡고 눈을 맞추고 사인에 마음을 담았다. 시간과 비용을 들여 찾아준 가깝고 먼 발걸음이 하나하나 소중했다. 버스와 지하철을 갈아타며 집으로 돌아오는 길, 일찍 집을 나설 때와는 결이 다른 벅참과 감동 때문이었을까. 몽실몽실한 마음이 피어올랐다. 내내 서 있었던 두 다리가 아픈 줄도 모른 채.

7월의 토요일에도 비가 내렸다. 몹시 여름다웠다.

어린 독자들을 만날 기회를 얻었다. 함께 독서 모임을 하는 지인이 운영하는 논술 학원에서 특강 제안을 받은 것. 책을 읽고 글을 쓰다가 출간한 경험을 편안하게 들려주겠다고는 했지만, 사실은 편치 않았다. 초등학생과 중학생 그리고 (자리 채울 요량으로 초대한) 우리 아이 앞에서 어떤 얘기를 할 것인가.

책 읽기를 좋아하고 친구 집 책장을 기웃거린 장면을 기억 속에서 끄집어냈다. 작가가 꿈은 아니었지만 손 편지 쓰기를 즐겼던 기억을 나누었다. 수십 년간 일기를 쓰고 있다고, 올해 쓰고 있는 세 권의 다이어리를 가져가 직접 보여 주었다. 하루가 모여 한 주, 한 달, 일 년이 영글어 가는 기록에 어린 눈들이 반짝거렸다. 슬픔을 마주하는 글쓰기와 투고를 통한 출간 과정에는 작은 관심이, 저자 사인을 받는 시간에는 큰 관심이 모였다.

"우리 엄마 아빠는 늘 저를 응원해 주세요. 원하는 것을 들어주고요."
"책을 쓴 작가를 만나는 건 처음이에요. 재미있었어요."

엄마 아빠를 자랑하는 목소리들과 오늘 소감을 적은 문장들. 두 손을 가슴께로 모으고 몸을 좌우로 흔들고 싶었다. 너무 좋다는 말밖에는 달리 표현할 방법이 없었다.

그리고 8월의 토요일, 내리는 빗소리에 잠을 이루지 못했다.

애정하는 카페 한가운데 놓인 그랜드 피아노를 연주하는 건 남몰래 품어 온 소망. 나를 낳느라 수고한 엄마에게 작은 연주회를 선사한 날이다. 더 많은 이를 초대하고 싶다는 꿈이 현실이 된 여름날은 출간 50일이 되는 날이었다.

검고 긴 원피스를 입고 마이크를 잡았다. 우리 모녀를 아끼고 응원하는 눈빛들에 기분 좋게 긴장했다. 무조건 내 편인 경청의 눈빛과 공감의 몸짓에 힘이 났다. 추천사를 쓴 책방 대표님, 공간을 내어 준 카페 사장님, 독자들의 이야기를 듣는 중에도 곧 있을 연주에 신경이 쓰였다. 어린 시절 피아노 대회를 앞둔 심경이 이랬던가.

이십 년 전 그날, 신부 입장할 때 흘러나오던 곡과 신랑이 직접 불렀던 축가를 연주했다. 젊은 엄마가 엎드려 방을 훔칠 때마다 신청했던 그 곡도 연주했다. 열 페이지나 되는 화려한 기교의 곡이 어려워 어린 나는 늘 투덜댔다. 나의 '은파 1호 팬'은 칠십을 바라보는 나이가 되어 중년이 된 딸의 연주를 지켜보았다. 젊은 아빠가 가왕의 곡을 쳐 달라고 할 때마다 어린 나는 왜 그리 튕겼을까. 어르신들이 나직하게 부르는 '허공' 노랫소리에 눈물을 쏟을 뻔했다. 다시는 볼 수 없는 아빠가 지금 이 자리에서 두 눈을 지그시 감고 같이 노래 부르는 것 같았다. 꿈같은 시간이 흘러갔다. 집에 돌아와 긴장이 풀린 채로 긴 잠을 자고 일어났다. 30년 지기의 메시지에 참고 참았던 눈물이 흘러내렸다.

"고등학교 때 너의 아버지가 용달차로 새벽 동대문 시장에 우리 데려다주신 것도 떠오르더라. 너희 집은 늘 사랑이 넘쳤어. 그래서 더 자주 놀러 갔나 봐."

부모님에게서 받은 농축된 사랑이 지금의 나를 만들

었다. 책으로 만난 이들과 잊지 못할 여름의 장면들을
수집했다. 모든 소중함을 품고 다시 살아갈, 더 많이 사
랑할 준비를 한다.

오늘이 좋다

토요일 아침 9시.

토요일에는 알람이 울리지 않는다.

커튼 사이로 들어온 빛에 자연스레 눈이 떠졌다.

평일엔 늘 7시 이전에 일어나지만, 따뜻한 이불 속에서 한참을 뒤척이다가 천천히 몸을 움직였다. 옆을 보니, 둘째가 입을 살짝 벌린 채 잠들어 있다. 헝클어진 머리를 살짝 넘기고 베개를 밀어 주었다. 그러자 몸을 곧게 펴고 편안하게 쭉쭉이를 한다. 그 모습이 귀여워 웃음이 난다. 깰까 봐 조심조심 부엌으로 나왔다. 창문을 여니 차갑고 상쾌한 바람이 들어왔다.

'추우니까 따뜻한 뭇국을 끓여야겠다.'

쌀을 씻고 밥솥에 넣어 취사 버튼을 눌렀다. 냉장고에서 무, 콩나물, 대파를 꺼내 먹기 좋게 썰었다. 뭇국이 보글보글 끓는 사이, 동그랑땡에 달걀을 묻혀 하나씩 구웠다. 노릇하게 익어 가는 냄새가 거실까지 퍼졌다. 잠시 후, 첫째가 눈을 비비며 방에서 나와 나를 꼭 안았다.

"잘 잤어? 밥 되려면 조금 남았는데, TV 볼래?"

아이가 고개를 끄덕이며 소파에 앉았다. TV를 틀자 소리가 너무 크다. 아빠와 동생이 깰까 봐 다급히 리모컨 버튼을 눌러서 소리를 줄인다. 그 모습이 귀여워 미소가 지어진다.

"엄마."

작은 목소리가 방 안에서 들려온다. 둘째가 눈을 반쯤 감은 채로 나를 부른다.

"나 일어났어. 엄마, 안아 줘."

안아서 거실로 나와 소파에 눕히니, 첫째가 다가와 다
정하게 담요를 덮어 준다.

밥과 국을 떠서 식탁에 하나씩 옮기니 첫째는 수저를
놓고 둘째는 물컵을 챙기며 말한다.

"와, 맛있겠다."

전날 회식으로 늦게 들어온 남편을 깨워 다 같이 식탁
에 앉았다.
학교에서 있었던 일, 유치원에서 있었던 소소한 에피
소드, 그리고 남편의 회사 이야기까지.
한참 웃으며 말하다 보니 아이들 밥그릇이 그대로다.

"밥 먹으면서 이야기하자."

말이 끝나자 아이들이 부지런히 먹기 시작한다. 그 모습만 봐도 배가 부르다. 눈만 마주쳐도 환하게 웃는 아이들.

"엄마, 밥 더 줘."

내가 제일 좋아하는 말. 밥 더 달라는 말이 나오면 얼른 가서 한 그릇 더 떠 온다. 준비하는 건 오래 걸려도 먹는 건 순식간이다. 식탁을 치우고 그릇을 싱크대에 담가놓고 정리하고 있을 때, 남편이 시원한 아이스아메리카노와 빵을 사 왔다.

"방금 밥 먹었는데 빵을?"
"빵이 맛있어 보여서 사 왔어."

밥 배와 빵 배는 따로 있는 게 확실하다. 커피 한 잔과 카스텔라 빵을 먹고 나니 배도 부르고 오전의 일도 모두 끝난 것 같다. 흘러가는 도요일이지만, 마음이 참 편

안하다. 똑같은 하루 같지만 이런 평범한 날이 가장 소
중한 순간임을 느낀다. 아무 일도 없어 더 고맙고, 아무
것도 하지 않아도 괜찮은 날. 아이들은 심심하다고 하
지만 나에게는 이런 날이 제일 좋다.

  누구 하나 아프지 않고,
  밥 잘 먹고, 웃으며 보낸 시간.

  특별할 것 없는 토요일 아침.
  오늘이 참 좋다.

일곱 살 담이, 일곱 살 정이

"엄마, 나는 엄마랑 같이 있으면 행복해. 엄마랑 노는 게 제일 좋아."

가족과 함께 공원을 산책하던 어느 날, 담이가 나를 쳐다보며 말했다. 미소로 화답했지만, 앙다물고 있던 마음에서는 촛농이 흘러나왔다. 담이의 아픔을 일찍 알아차리지 못한 것에 대한 후회와 죄책감이 나를 짓눌렀다.

사랑하는 우리 아이, 담이는 영아였을 때부터 감정과 감각이 예민한 편이었다. 특히 다섯 살부터 시작한 유치원 생활을 무척 힘들어했다. 손톱을 자주 물어뜯었고, 새벽마다 울었다. 유치원에 가기 싫다고 소리를 지르다가 과호흡이 온 적도 있고, 하원 버스를 내리자마자 가방을 내던지며 화를 낼 때도 있었다. 담이는 유치원에 가기 싫은 이유를 말해 주지 않았다. 유치원에서도 아무 문제 없이 잘 지낸다고 했다. 선배 엄마들은 유치원에 적응하는 과정에서 잠시 투정을 부리는 것이라 했고, 나 또한 시간이 지나면 자연스레 해결될 일이라 생각했다.

하지만 상황은 더 심각해졌다. 손끝 피부가 벗겨지고, 손톱도 반밖에 남지 않은 담이는 말수가 점점 줄어들었다. 결국 심리상담센터에 방문했고, 부정적인 감정을 배출할 시간이 필요하다는 조언을 얻었다. 그 후 담이를 일주일에 이틀만 유치원에 보내고, 나머지 시간은 나와 함께 지내기로 했다.

담이가 잠자리에 들면 베개를 적시며 조용히 울었다. 그동안 수많은 육아서와 양육 강의를 통해 공부하며 좋은 엄마의 자질을 갖추려고 했다. 내가 좋은 엄마가 되면 담이가 더 행복할 수 있을 것 같았다. 하지만 노력한 것과 정반대로 최악의 상황을 마주하는 것 같아 절망스러웠다. 도대체 무엇이 문제였을까?

담이는 공원 화단에 있는 꽃의 향기를 맡고 환하게 웃었다. 땅바닥의 개미를 관찰하다가 흙을 쌓아 개미집을 만들고 상상 놀이를 했다. 고목의 껍질을 쓰다듬고, 마음에 드는 돌멩이나 나무 열매를 주워 이름을 짓고 나에게 알려 주기도 했다. 키즈 카페가 아닌데도 스스로 놀거리를 찾으며 무척 즐거워했다. 그제야 담이의 마음이 점점 투명하게 보였다. 담이가 다니던 유치원은 풍부한 놀이 교육 수업으로 동네에서 인기가 많았다. 하지만 교육 프로그램이 빼곡한 편이라 자유 놀이 시간이 턱없이 부족했다. 바깥 놀이도 제한적이었고, 원어민 선생님과 영어로 소통해야 하는 것도 불편했을 것이다.

담이는 외행성처럼 내가 맹신하던 보편적 양육 지식의 궤도 바깥에서 공전하고 있었다. 그동안 내 주변을 맴돌며 무언의 메시지를 보내고 있었는지도 모른다. 자신만의 방식과 표현을 이해하고, 관심을 가져 달라고 말이다. 더 이상 부모로서 앞장서지 않기로 결심했다. 그저 담이가 원하는 방향으로 뒤좇아 가기로 했다. 이는 아이를 순전하게 바라보지 않고 '엄마 욕심'과 '양육 지식'이라는 렌즈를 통해 들여다본 데 대한 반성에서 비롯된 것이었다. 하루 한 시간, 담이가 시도하는 놀이의 적극적인 지지자가 되기로 약속했다. 그 약속은 2년이 지난 지금까지도 꾸준히 지키고 있다.

"엄마! 우리 책 만들기 하자! 책에 자기가 좋아하는 걸 적으면 돼."

이번에 함께 할 놀이는 책 만들기 활동이었다. 놀이 준비를 도와주는 지지자가 아닌 책 만들기를 함께 할 친구가 필요해 보였다. 아이의 눈높이에 맞추기 위해 나도 일곱 살 아이로 돌아가 놀이에 참여했다. 담이는 엄마가 일곱 살 친구가 된 것을 반겼다.

그런데 예기치 못한 문제가 생겼다. 좋아하는 것을 거

침없이 적고 그리기 바쁜 담이와 달리, 일곱 살이 된 나는 머릿속이 하얘졌다. 달갑지 않은 추억이 쏟아지기 시작했다. 주식 투자로 큰돈을 잃고 집을 나간 아빠 때문에 항상 화가 나 있던 엄마, 그리고 사촌 오빠의 입시 문제로 인해 자주 한숨을 쉬던 이모. 가족들은 각자의 사정으로 고달픈 시간을 보냈다. 그 시간 속에서 나를 따스하게 챙겨 주고, 좋아하는 것을 물어보는 사람은 아무도 없었다.

우울했던 일곱 살 시절이 떠오르자 불편해진 나는 애꿎은 책 표지만 만지작거렸다. 담이가 나를 빤히 쳐다보다가 말했다.

"엄마! 엄마는 일곱 살 때 무슨 음식 좋아했어?"
"글쎄, 기억이 잘 안 나."
"치킨? 햄버거? 아니면 피자?"
"아, 피자! 피자를 좋아했어. 사 주는 사람이 별로 없어서 특별한 날에만 먹었지."

"나도 피자 좋아하는데. 엄마, 나 35만 원 있는데 피자 사 줄까?"

담이가 자기 통장과 저금통을 가져와 내밀었다. 어린 시절의 서운함을 들켜 부끄럽기도 했고, 엄마의 어린 마음을 위로하려는 마음이 고맙기도 했다.

"엄마, 또 좋아하는 거 없었어?"
"83타워가 예전에는 두류타워였거든. 엄마는 두류타 워에 가는 거 좋아했어."
"우와, 엄마 어릴 때도 83타워가 있었어?"
"응, 지금처럼 놀이기구가 많은 건 아니었지만, 전망 대만 구경해도 즐거웠어."
"엄마, 그러면 이번 토요일에 83타워 갈까?"

담이의 호기심 어린 눈빛과 사랑스러운 호응에 속없 이 즐거워졌다. 담이와 함께 어린 시절의 추억 서랍을 무작위로 열어 보며 이야기를 나눴다. 어느새 스크랩

북의 빈 페이지를 모두 채웠다. 서로의 책을 소개한 후에도 우리는 잠들기 전까지 일곱 살 엄마 정이의 이야기를 오래 나눴다. 모자 관계가 아닌 친구로서 새롭게 만난 담이 덕분에 외로웠던 정이는 조금 행복해졌다. 담이에게 정이는 어떤 친구였을까?

한편, 좋은 엄마가 되어야 한다는 압박감에 힘들어했던 순간도 되돌아봤다. 어린 시절의 '나'를 담이와 동일시한 탓에 도리어 육아의 난관을 만들어 버렸다. 정이와 담이, 우리는 개별적인 존재였고 받고 싶은 사랑의 방식도 서로 달랐다. 일곱 살 정이는 다정한 말과 따스한 돌봄이 필요했고, 일곱 살 담이는 자기 고유성에 대한 순전한 관심과 내적 자유가 필요했다. 그래서 앞으로는 '부모와 자녀'라는 테두리 안에서 아무것도 욕심내지 않으려고 한다.

지금처럼 정이 그리고 담이, 두 존재가 기나긴 삶을 동행하는 친구이자 도반(道伴)이 되기를 바랄 뿐이다.

일
요
일

남겨진 숙제를 바라보는 마음

    그녀들이 하늘로 돌아갔다. 한 분은 예기치 않은 병으로, 한 분은 자신의 선택으로. 처음 그들을 만난 것은 16년 전, 남의 기대에 나를 맞추며 내 호흡을 깊게 들이쉬지 못하던 때였다. 그 시절의 나는 세상과 나 사이에 두 겹의 거리를 두어야만 견딜 수 있었다. 일요일의 아침처럼 고요한 동굴 같은 어둠 속에서만 안정을 찾곤 했다.

    그날, 그녀가 무심히 건넨 한 문장이 내 안쪽을 가볍게 두드렸다. 그 끌림을 따라 참여한 프로그램에서 나는 '내 문제'를 현상처럼 바라보기 시작했다. 동굴 밖으로 한 발 내디디며 '마음공부'라 이름 붙였고, 인도의 수행, 미국과 영국의 강의와 코스를 오가며 방향을 조금씩 수정했다. 거대한 각성이라기보다는 길을 잃지 않기 위해 지도를 자주 펼쳐 보는 일에 가까운 배움이었다. 일요일마다 지난주의 표식을 천천히 지우고, 다음 주의 선을 연필로 옅게 그어 두는 식으로.

두 해 뒤 우리는 흩어졌다. 12년이 지나 영국의 컬러 테라피 강의실에서 그녀를 다시 만났다. 살이 조금 빠지고 표정이 잔잔해졌다는 것 외엔 예전처럼 단정했다. 수업을 마치고 짧은 여행을 함께 하며 미래의 그림을 구체적으로 나눴다. 누구와 어떤 공간에서, 어떤 리듬으로 일할 것인지까지. 나는 '그렇게 되겠구나' 하고 자연스레 받아들였다.

그러나 두 달 뒤, 그녀의 말기 암 소식을 들었을 때 시간은 멈췄다. 이후의 만남은 조심스러웠다. 쇠약해진 몸과 달리 말의 리듬은 일상적이었다. 병의 이름보다 남은 시간에 누구를 만나고 무엇을 볼지, 일요일에 늘 그랬듯이 정리와 마무리의 목록을 차분히 세우는 대화가 오갔다. 반년쯤 지나 마지막 소식을 들었을 때, 영국에서 함께 웃던 사진이 영정이 되었다는 사실은 현실보다 느리게 도착했다. '조금 더 오래, 조금 더 구체적으로 들어 둘 걸' 하는 생각이 뒤늦게 남았다.

  또 다른 그녀는 2010년 겨울 인도에서 만났다. 명상가이자 사업가라고 자신을 소개하던 사람. 작은 체구와 달리 문장과 행동은 단단했고, 계획을 말하는 속도는 경쾌했다. 한국에 돌아와 그녀가 만든 코스에 참여했다. 며칠간의 강도 높은 과정은 삶을 가로막던 매듭 몇 개를 느슨하게 풀었다. 그녀의 영성 사업은 넓어졌고, 많은 사람이 오고 갔다.

  나는 그사이 시골에서 14년간 수행과 공부에 집중했다. 세상과 거리를 두고 내면을 들여다보며 '때가 오면 저절로 이어질 것'이라 믿었다. 지금 돌아보면 그 믿음엔 단순화가 섞여 있었다. 수행의 시간과 사회의 시간은 다르게 흐른다. 일요일처럼 숙제의 표지를 반듯이 붙여야 월요일이 무너지지 않는데, 나는 그 차이를 몸으로 겪어 보기 전엔 알지 못했다.

수행 공간을 떠나 방황하던 무렵, 그녀가 사업을 제안했다. 전국의 치유자와 상담가를 모아 국제명상센터를 세우는 계획을 이루기 위해 큰돈을 벌어 보자고 했다. 오랫동안 마음속에서만 맴돌던 나의 막연한 그림과 어딘가 겹쳤다. 여러 사람을 만나 가능성을 타진했지만, 일정이 진행될수록 작은 어긋남들이 보였다. 설득의 말 속에 상대의 형편보다 나의 필요가 앞서고, 점점 조급해졌다. '나는 아직 그 꿈의 구조를 감당할 준비가 되어 있지 않다'는 사실을 인정하고 발을 뗐다. 얼마 지나지 않아 그녀의 사업 실패 소식과 부고가 연달아 도착했다. 일요일 저녁처럼, 긴 주간을 덮는 조용한 슬픔이 방 안에 가라앉았다.

두 사람의 삶은 개인의 서사이면서, 마음을 다루는 일을 하는 이들이 마주하는 공통 장면을 비춘다. 치유와 성장이라는 이름 아래 쌓이는 기대, 사업 구조가 요구하는 확장과 숫자, 그 사이에서 균형을 잃을 위험. 나는 그 장면을 가까이서 보았다. 그리고 지금, 산에서 내려와 다시 자리를 찾는 길목에 서 있다.

이 지점에서 떠오르는 감정은 뜨거운 결심이 아니다. 오히려 일요일이라는 날처럼 마무리, 정리, 회복에 가깝다. 남겨진 숙제는 거창한 사명이 아니라, 눈앞의 질문 몇 가지다. 오늘 무엇을 비우고, 무엇을 남길 것인가. 어떤 속도와 규모가 나와 타인을 동시에 지켜 줄 것인가. 나의 욕망과 이 일이 가지는 공적 의미는 어디에서 구분되는가.

그래서 나는 '국제명상센터'라는 큰 이름을 당장 입에 올리기보다, 지금 감당할 수 있는 크기의 공간과 관계를 그려 본다. 도움을 요청하는 이들이 있다면, 서로에게 무리가 되지 않는 만남의 형태를 찾는다. 지역의 치유자·상담가·돌봄 활동가를 느슨하게 연결하되, 그 연결이 또 다른 부담이 되지 않도록 구조를 가볍게 설계한다. 일요일 저녁, 다 쓴 공책의 귀퉁이를 접듯 우선순위를 접고, 불필요한 약속을 조용히 지운다.

애도는 자리를 잡았고, 그 자리를 채우는 것은 과장된 다짐이 아니라 조심스러운 준비다. 두 사람의 이름을 떠올리면 마음 한쪽이 저리지만, 그 감정이 나를 밀어붙이게 두지 않는다. 대신 그들이 남긴 질문들을 다시 꺼내 내 방식으로 답해 본다. 어떤 답은 실패로 확인되겠지만, 일요일의 목적이 결과가 아니라 회복의 방향을 가늠하는 데 있음을 기억한다.

오늘 내가 할 수 있는 일은 숙제를 끝내는 것이 아니다. 숙제가 여기 남아 있음을 인정하고, 서두르지 않는 태도로 첫 줄을 다시 읽는 것. 보이지 않는 이 재정비의 시기를 어떻게 통과하느냐가 다음 장의 모양을 바꿀 것이다. 그녀들이 비추던 거울은 여전히 내 앞에 있다. 나는 그 앞에서 자세를 가다듬는다. 방향은 아직 완전히 정리되지 않았고, 설계도는 연필 선으로 남아 있다. 다만 한 가지는 분명하다. 이번엔 속도보다 의미를, 확장보다 회복을 우선순위에 둘 것. 일요일이 내게 가르쳐 준 질서다. 그렇게 또 한 주의 문턱에 선다. 남겨진 숙제를 품은 채, 그러나 가볍게 숨을 고르며.

조용한 아침

일요일 아침에는 평소와 달리 일찍 일어나게 된다. 식탁에 앉아 혼자만의 시간을 가진다. 가끔 KBS1에서 방영하는 〈영상앨범 산〉이라는 프로그램을 시청한다. 출연자의 차분한 목소리와 가슴 벅찬 영상이 바쁜 마음을 잡아 주고 일요일 아침에만 누릴 수 있는 여유를 선물한다. 출연자는 매번 바뀌지만 산을 좋아하는 이들이라 그런지 부드럽고 편안한 진행으로 아침을 행복하게 열어 준다. 영상을 보고 있노라면 걷고 싶어진다. 차를 마시고, 책을 읽고, 잠시 걷고, 그리고 글을 쓰는 일상을 꿈꾼다.

또한 이른 아침에 갖는 조용한 시간(Quiet Time)은 개인적인 경건의 시간이다. 읽고 사유하고 삶에 적용하는 시간이다. 조용한 아침 시간은 누구에게나 필요하리라 생각한다. 일요일 아침이야말로 끝이고 시작인, 곧 한 주간의 일들을 정리하고 새로운 시작을 기대하기에 적당한 시간이다.

오늘은 지금까지와는 다른 특별한 일요일이다. 다음 주에 필리핀 마닐라로 떠날 예정이다. 여러 가지 직업을 가졌던 나와 달리 아내는 38년간 한 직장에서 근무했다. 아내의 퇴직에 맞춰 나도 다니던 직장을 그만두었다. 마닐라에서 1년이나 5년 혹은 10년쯤 살아 볼 생각이다. 그러다가 특별한 계기 없이 갑자기 돌아올지도 모를 일이지만 지금은 이렇게 떠난다.

지금껏 '다음번에'라며 넘겨 왔던 일이 얼마나 많았던가. '이십 대인 딸에게 해 주고 싶은 말이 있다면?'이란 질문을 받게 된다면, 아마도 '다음번에 해야지 하고 넘기지 말라고, 지금 시작해 보라고' 말할 것이다. 일어나지 않을 위험을 두려워하며 시도하지 않았던 수많은 요일 앞에서 당당히 맞서 보라고 말하고 싶다. 이것은 이십 대 그 시절의 나에게 하고 싶은 말이기도 하다.

　몇 년 전 피부암으로 수술을 받았다. 암이라고는 하지만 비교적 간단하고 안전한 수술이었다. 병원에 다니고 완치 판정을 받는 과정을 통해 이전에는 한 번도 구체적으로 생각지 못했던 삶과 죽음에 대한 현실적 고민 속에 한동안 빠져 있었다. 노후를 준비한다는 것이 건강이나 자본이나 여가 생활 같은 것이 전부가 아니지 않을까 하는 고민을 하게 되었다.

　'나는 누구인가?', '어떻게 살 것인가?' 같은 거창한 질문 앞에 자주 서곤 했다. 내 질문은 굳이 정답을 원하지 않았다. 그리고 오래전부터 어렴풋이 동경했던 삶에 대한 실행을 준비했다. 은퇴하고 여행을 해야겠다고 마음먹은 것이다.

　원래는 동남아 다섯 개 도시를 선정해 '한 달 살이'부터 시작하려고 했다. 한 달 정도 지내다가 돌아와서 다음 도시를 준비하고, 그러다가 마음 맞는 곳이 있다면 좀 더 오래 살아 보는 계획이었다. 그러던 것이 어쩌다 마닐라로 바로 가게 되었고, 1년짜리 숙소를 덜컥 계약해 버렸다.

하루 일과는 단순하다. 우선 3개월은 동네를 정찰할 생각이다. 아침에 여유롭게 일어나 산책하고 차를 마시고 영어 수업을 듣는다. 오후 시간에는 책을 읽거나 수영을 하겠지. 요가나 헬스를 등록해 운동도 해야겠다. 그렇게 동네가 익숙해지면 사람들이 어찌 살아가나 관찰하고, 내가 할 수 있는 일이 혹시 있을까 기웃거려 볼 작정이다. 일을 통해 그 사회를 좀 더 깊이 이해할 수 있지 않을까 생각한다.

이런저런 계획이 소나기처럼 쏟아지지만 역시나 계획대로 되지 않을 거라는 걸 안다. 그래서 인생이 더 신나는 것이기도 하고. 하지만 한 가지 의지를 가지고 하려는 게 있다. 기록하는 일이다. 새로운 인생을 시작하면서 기록을 통해 일상이 더 세밀해질 것이라 기대한다.

한 주가 또 지난다. 중요하지만 급하지 않은 일들이 일상에 또 밀리며 그렇게 한 주가 마무리되고 있다. 60년 가까이 산 인생이, 뒤돌아보면 숨 가쁘게 달려왔던 그 세월이 마치 한 주간의 짧은 인생처럼 스친다. 시작과 과정과 지루함과 긴박함 그리고 버티고 위로받았던 날들이 한순간의 일처럼 다가온다.

한 주의 마지막인 일요일이 다시 시작하는 월요일을 예비하듯, 두 번째 인생을 시작하는 이 순간, 은퇴라는 결단은 새롭게 시작하는 인생에 분명한 도전을 준다.

일요일, 옷을 정리하며 나를 돌아보며

　해야지 생각하면서 차일피일 미루다가 결국엔 가족들의 성화에 못 이겨서 하게 된다.

　"엄마, 내 긴팔 셔츠 어디 있어? 이제 반팔은 추운데."
　"내 회색 체크무늬 골프 바지가 없네. 아무리 찾아도 못 찾겠다."
　"일요일에 옷장 정리할게. 며칠만 좀 기다려 줘."

　봄 여름 가을 겨울 아름다운 사계절, 하지만 주부에겐 아름답지만은 않은 현실이다. 간절기에는 건강관리가 참 어렵다. 주중에 다른 지방에서 일하는 남편과 기숙사에서 지내는 딸아이가 마치 약속이나 한 듯 감기에 걸려 집에 왔다. 나도 피곤하고 아픈데 꾹 참아야 하

는 분위기다. 철이 바뀔 때마다 나만 느끼는 건가? 수납
장은 아무리 많아도 항상 모자라다. 자주 사용하는 것
은 찾기 쉬운 위치에 갖다 놓아야 하니 간절기 옷 정리
는 필수다. 집안일은 별일 아닌 것 같아도 마음 먹고 시
작하면 하루가 짧다. 일하는 주부에겐 주말밖에 시간이
없다 보니 이맘때의 주말은 쉼이 아닌 노동의 시간이
고, 집은 또 다른 노동의 현장이다.

　재미나게도 집안일에는 몇 가지 특징이 있다. 첫째,
끝이 없다. 공부는 시험이라는 것을 치르면 결과가 나
오고 학기, 학년, 학교별 단계를 마치면 새롭게 시작한
다. 직장도 주어진 업무가 다를지언정 모든 일에는 기
한이나 마감이 있고, 노동에서 해방되는 휴가나 휴일이
있다. 하지만 집안일은 일단 시작하면 이상하게 일이
더 많아진다. 안 한 표는 나지만 해도 별로 표 나지 않
는다. 시작은 있지만 끝이 없다.

　둘째, 보수가 없다. 만약 아이를 돌보고, 공부를 봐 주

고, 놀아 주고, 삼시 세끼와 간식을 챙기고, 설거지하고, 빨래하고, 구석구석 청소하고, 집안의 대소사 관리며 어른들 챙기는 것을 각각의 전문가에게 맡긴다면 제법 큰 지출을 각오해야 할 것이다. 하지만 주부들의 가사에는 보수가 전혀 없다. 물론 가족의 편리와 만족에 기여한다는 모종의 뿌듯함과 식구들의 감사와 행복, 가정의 평화라는 심리적 보상은 있지만, 그것이 끝없는 집안일에 대한 정량적이고도 공식적인 보수는 될 수 없다.

이런저런 이유로 계절이 바뀌는 길목에 들어서면 그렇게 기다리던 주말이 귀찮고 심지어 무서워진다. 루틴으로 하는 집안일에 꼼짝없이 추가되는 일로 쉬기는커녕 피로가 쌓이기 때문이다. 그런데 옷 정리를 할 때마다 가끔 뜻하지 않은 재미난 일들이 발생해 위로받기도 한다. 드라이클리닝 맡길 옷을 분류하다가 횡재를 만난 적이 있는가. 여러 벌 돌아가며 입던 바지들을 빨기 전에 주머니를 뒤지다가 두 번 접힌 율곡 선생을 만나기도 하고, 가방을 정리하다 신사임당이나 백화점 상품권을 만나기도 한다. '주말에도 열심히 일하는 내게 하늘이 복을 주시는 게야!' 혼자 중얼거리며 함박웃음을 짓기도 한다.

하기 싫지만 해야 하는 집안일, 각자 할 수도 있지만 누군가가 대신해 주면 감사한 일이 바로 집안일 같다. 주말이 되면 직장 또는 학교라는 일상의 굴레에서 벗어나 모든 의무와 책임에서 해방되어 그저 자유롭고 편하게 쉬고 싶다. 생각해 보면 어릴 때는 학교에 가지 않는 주말을 오매불망 기다렸고, 결혼하기 전에도 혼자 게으름을 부릴 수 있는 주말을 기다렸던 것 같다. 부모님이 집안일을 다 해 주시니 주말이 편했고, 성인이 되어서는 가능한 한 늦장을 부리며 집안일은 대충 처리하고 혼자만의 여유를 즐겼다.

그때의 나처럼 우리 아이와 남편도 주말을 기다리지 않을까. 집안일은 역할을 분담할 수도 있다. 하지만 그렇게 힘들지 않다면, 아니 설사 조금 힘들더라도 엄마이고 아내인 내가 조금 더 양보하고 배려하는 마음으로 혼자 해야겠다고 생각한다. 물론 가끔은 눈치 없이 빈둥거리는 아이들과 남편을 보며 나 혼자만 바쁜 주말이 짜증 나기도 한다. 당신들을 위해 희생하는 나는 소중한 내 시간을 대체 어디서 누구에게 보상받을지 생각해 봤냐고 따져 묻고 싶을 때도 있다. 하지만 오랜 시간 부모님께 받은 사랑과 마냥 해맑은 그들을 생각하면, 어느새 불만은 슬그머니 사라진다. 세월이 지나면 남편도 아이들도 아내와 엄마의 고충을 알겠지. 설사 몰라 주면 또 어떠리. 사랑은 본래 내리사랑이고 받은 만큼 주고 더 크게 나누어야 하는 것 아닌가.

 옷 정리는 인간관계도 돌아보게 한다. 계절이 바뀌도록 몇 년째 이 옷장에서 저 옷장으로 이동만 하는, 언젠가 어디선가 입을 수도 있겠다 싶어서 차마 버리지 못하고 간직만 하는 옷들이 있다. 한편 어떤 옷은 너무 자주 입어서 누가 보면 옷이 이거밖에 없냐고 물어볼 정도다. 여러 벌 세트로 사면 싸다는 광고에 혹하거나 할인 판매할 때 안 사면 왠지 손해 보는 것 같아서 산 옷들과 아이들이나 지인들에게 물려받은 옷들이 옷장을 가득 채운다. 그 많은 옷을 두고도 철마다 입을 옷이 없다고 한다.

옷뿐이겠는가. 온갖 물질이 넘쳐나는 시대다. 하지만 정작 정신이 빈곤한 줄은 모른 채 산다. 주변에 아는 사람은 많다. 그러나 내가 곤경에 처해 누군가에게 도움을 청해야 할 때 거리낌 없이 연락해 도와 달라고 할 수 있는 사람은 과연 몇이나 될까? 너무 자주 입어서 옷이 이거밖에 없냐고 할 만큼 그렇게 편한 옷 같은 사람이 있는가? 어쩌면 무언가를 정리한다는 것은 적정량이나 정도를 넘어 과잉 상태에 있다는 뜻이 아닐까. 꼭 필요한 만큼만 소유하고 있다면 군이 시간을 들여 정리할 필요가 있을까.

계절이 바뀌고 옷을 정리하며 내 생각도 정리한다. 조

금은 성가시고 귀찮아도 가족을 위해 기꺼이 옷 정리를
해 줘야지. 굳이 필요하지 않은 많은 것을 끌어모으며
물질적 풍요에 파묻혀 살지 않아야지. 헨리 데이비드
소로는 『월든』에서 우리가 소박하고 지혜롭게 산다면
이 땅에서 생계를 유지하는 것은 고난이 아니라 심심풀
이에 불과하다고 말했다. 내가 귀찮아하고 힘들다고 생
각하는 옷 정리는 필요를 넘어선 내 욕심과 어리석음의
대가가 아닌가. 조금 더 간소하게 살아야지.

  이제껏 내가 받은 사랑은 또 얼마나 많은가. 조금 더
양보하고 조금 더 나누며 살아야지. 그들이 나를 사랑
하는 것보다 내가 그들을 더 사랑하는 마음으로 살아야
지. 그렇게 계절이 바뀔 즈음의 일요일은 내게 정리하
고 나누고 베풀라고 한다. 더 많이 변화하고 성숙하라
고 한다.

다시, 월요일을 기다리며

　푸름과 붉음이 나란히 번진 표지를 바라봤다. 민트색과 산호색이 엷게 섞여, 오래 바라보면 노을의 여운처럼 보였다. 며칠째 창백한 하늘만 본 까닭인지 책 표지의 색감이 괜스레 더 따듯하게 느껴졌다.

　삑.

　사서가 바코드를 찍으며 말했다.

　"네, 대출되셨습니다. 반납일은 2주 뒤입니다."

　책을 건네받으며 한 번 더 표지를 봤다. 도서관 문을 나설 때까지 눈을 떼지 못했다.

　오후 다섯 시의 하늘은 여전히 우중충했다. 온몸을 덮

는 햇살 같은 건 없었다. 상체를 뒤로 젖혀 기지개를 켜
니 목덜미에서 '우직' 소리가 나며 머리가 핑 돌았다.
곧 눈앞이 선명해지며 조금 전까지 쓰던 소설 초고가
떠올랐다.

　오후 내내 A4 두 장을 썼다. 뼈대만 듬성듬성 있는 이
야기를 어떻게 채울지 감이 잡히지 않았지만, 빨리 새
로운 부분을 써 보고 싶었다. 오로지 글쓰기에만 전념
할 수 있는 일요일이 끝나간다는 사실에 아쉬움이 밀려
왔다. 마음을 달랠 겸 초록 은행나무가 줄지은 공원으
로 걸음을 옮겼다.

　넓은 잔디밭에서 진한 여름 냄새가 났다. 수십 명이
군데군데 자리를 잡고 주말의 마지막을 보내고 있었다.
커플 모자를 쓴 중년 부부는 접이식 의자에 나란히 앉
아 하늘을 올려다봤고, 꼬마 삼 남매는 새우 과자를 움
켜쥔 채 비둘기 떼를 쫓았다. 길고양이에게 콘 아이스
크림을 건네며 야옹 소리를 내는 할아버지도 보였다.

흐린 날씨였지만 공원은 이상하게도 밝았다. 사람들 때문일까, 아니면 그들을 바라보는 내 마음 때문일까. 벤치에 앉아 빌린 책을 펼쳤다.

첫 장은 식당에서 수프를 떠먹는 여자의 이야기로 시작됐다. 집중해 읽으려 했지만 이야기 속 수프에 자꾸 군침이 돌아 '에잇!' 하고 책을 덮었다. 배에서 꼬르륵 소리가 났다. 건너편에서 이십 대 초반으로 보이는 커플이 떡볶이와 치킨을 먹고 있었다. 나도 모르게 입맛을 다시다가 눈이 마주쳐 재빨리 고개를 돌렸다. 그 순간 그녀의 목소리가 들려왔다. 바로 저 자리에서 우리는 데이트를 했다.

화창했던 그날 우리는 돗자리를 펴고 치즈크러스트를 추가한 반반 피자를 시켜 먹었다. 그녀는 갈릭 쉬림프를, 나는 어니언 포테이토 조각을 들고 지나가는 사람들의 이야기를 상상했다.

"저 두 할머니는 어떤 관계일까?"

"묘지 앞을 서성이는 걸 보니, 어떤 사연이 있을 거야."

우리는 눈앞의 풍경으로 짧은 이야기를 지어냈다. 그녀가 야구 이야기를 좋아하듯, 나는 그녀와 이야기에 관한 이야기를 나누는 걸 즐겼다.

"글감은 우리 주변 어디에나 있어."

"소설가가 되려는 사람은 그렇게 세상을 봐야 한대."

글 쓰는 사람에게나 와닿을 말이었지만, 그녀는 늘 고개를 끄덕이며 추임새를 넣었다. 가끔은 웃음을 터뜨렸고, 또 가끔은 이렇게 말했다.

"언젠가 오빠 작품도 문학관에 전시될 거야."

돗자리에 누워 파란 하늘을 올려다보던 그녀의 목소

리가 지금도 귀에 맴돈다.

검은 구름이 바람에 흩어지며 잔디밭 위로 희미한 햇빛이 가닥가닥 새어 나왔다. 구름 밑바닥이 붉게 번져 가더니 공원 전체가 서서히 울긋불긋해졌다.

'다시 월요일이구나.'

기나긴 한 주였다. 월요일부터 반쯤 풀린 눈으로 시체처럼 걸어 다녔다. 금요일까지 하루가 어떻게 흘렀는지 모르겠다. 기진맥진해 쓰러지며 내일을 걱정했지만, 다음 날엔 어떻게든 정신을 붙잡고 걸었다. 직장 동료들에게 피해를 주기도, 맡은 일을 대충 하기도 싫어서였다. 쉴 새 없는 업무에 고함을 지르고 싶으면서도 한편으로는 멋지게 해내고 싶었다.

'프로라면 일을 잘해야 한다.'

이 집념 하나로 퇴근까지 버텼다.

퇴근 후에도 여유는 없었다. 운동을 하고, 저녁을 챙

기고, 아침에 쓴 초고를 고쳤다. 짧은 일기를 쓰고, 뉴스를 보고, 책을 몇 장 읽은 뒤 잠자리에 들었다. 그렇게 하루를 밀어내다 보면 '이렇게 살아서 뭐가 어떻게 된다는 걸까?' 하는 회의감이 들었다.

그러나 토요일, 그녀를 만나면 마음의 방향이 조금 바뀌었다. 아침부터 매무새를 가다듬고, 시외버스를 타고, 그녀가 새로 산 빨간 스트라이프 티셔츠를 칭찬했다. 해물뚝배기를 먹고, 카페에서 다크헤이즐넛 케이크와 아이스아메리카노를 먹으며 웃고 떠든 게 전부였다. 그런데 밤이 되어 집으로 돌아올 땐, 이런 문장 하나가 내 안에서 조용히 부풀어 갔다.

'인생은 살아갈 가치가 있다.'

신기하게도 데이트 다음 날에는 글이 잘 써졌다. 그녀와의 추억 속에서 에피소드가 생겨났고, 우리의 대화가 문장이 되어 빈 종이를 조금씩 채워 갔다. 그리고 일요일 밤, 그녀와의 통화로 하루를 마무리할 때면 나는 다시 한 주를 살고 싶어졌다.

땅 위로 더운 바람이 앞머리를 스쳤다. 저녁이 되었지만 갠 하늘은 끝내 볼 수 없었다. 구름 사이로 번지는 붉은빛을 보며 저물어 가는 해를 어렴풋하게 상상할 뿐이었다. 어둠이 내려앉을수록 월요일이 다가온다는 게 점점 더 실감 났다. 내일이면 다시 회의에 들어가고, 머리에 쥐가 날 만큼 일할 것이다. 거부하고 싶은 현실이지만, 결국 다시 맞이하게 되는 날들이다.

이렇게 말하니 마치 월요일을 힘겹게 버티기만 하는 사람처럼 들릴지도 모르겠다. 하지만 진실은 그 반대다. 오히려 나는 조용히 월요일을 기다린다. '아, 또 월요일이다'가 아니라 '아! 다시 월요일이다' 같은 마음으로 준비한다. 이유라면 두 가지, 사랑과 글쓰기다.

나는 잘 사랑하고 쓰고 싶다. 아니, 잘 사랑하고 잘 쓰지 않으면 도저히 견딜 수 없다. 두 행위는 태양과 같다. 매일 아침 나를 깨우고, 하루 끝에 미묘한 온기를 남긴다. 그 온기로 또 한 주를 살고, 다시 한 주를 살아간다.

'우리가 다시 하루를 살아낼 수 있는 건, 누구나 가슴 속에 저마다의 태양을 품고 있기 때문이 아닐까?'

이윽고 마지막 햇살이 지상에 비췄다. 그 희미한 붉은 빛을 한동안 바라봤다. 잠시 뒤 공원에는 어둠이 내려 앉았지만, 주변은 이상하리만큼 밝았다.

백야였다.

그래도 살아가는 이유

"엄마, 학교 갈 때는 시간이 엄청 느리게 가는데, 주말은 시간이 빨리 지나가 버려."
"그러게, 엄마도 진짜 공감해!"

주말의 시계는 아무래도 이상하다. 잠깐 시간이 흐른 것 같은데 시계를 보면 두 시간이 훌쩍 지나 있고, 금세 저녁 먹을 시간이 되어 있다. 아무래도 누가 주말의 시계에 부스터를 단 것이 틀림없다. 나만 느끼는 것이 아니라, 아홉 살 아들도, 일곱 살 딸도 똑같이 느낀다면 이건 분명 뭔가 있는 거다(라고 쓰고 있는 내가 잠시 한심하게 느껴졌음을 고백한다).

다시 월요일이 오고 있다니. 온갖 긍정 회로를 다 돌

려도 쉽지 않다. 당장 내일 아침 아이들 아침으로 뭘 차려 줄지부터 막막하다.

월요일은 수업이 가장 많은 날이라 더 부담스럽다. 내일까지 처리해야 할 일이 뭔가 더 있었던 것 같은데, 어쩐지 확인하면 내일 아침에 눈 뜨는 일이 더 두려워질 것 같다. 그냥 내일의 나에게 모든 일을 미뤄야겠다고 생각하며, 저물어 가는 일요일 밤을 애써 붙잡아 본다.

"선생님, 왜 살아야 할까요?"

몇 년 전 마음이 많이 아팠던 제자가 툭 던진 질문이 문득 떠오른다. 살아 있는 것이 고통스럽다던 아이였다. 죽으면 모든 것이 다 끝나지 않겠냐고, 열여덟의 나이에 너무나 무거운 질문을 안고 있던 아이.

'왜 살아야 할까?'

그 질문이 무거워 답은 최대한 가볍게 해 주고 싶었

다. 내가 주는 답이 가벼우면 너의 질문도 덩달아 조금은 가벼워지지 않을까 하는 마음을 담아.

"음, 살아 있으니까."

살아 있다. 내가 원해서 태어난 삶은 아니지만, 나는 지금 살아 있다. 몸으로 머리로 마음으로 살아 있음을 느낀다. 때론 그것이 고통스럽기도 하지만, 고통스러움 역시 살아 있기에 느끼는 감각이다. 살아 있으니까 사는 게 아닐까. 인생에 대단한 목적이나 목표 같은 게 있어야 할까? '왜'라는 단어를 질문에 쓰려면 답에 이유를 밝혀 쓸 수 있어야 하는데, 삶에는 처음부터 어떤 이유도 목적도 없는 것이 아닐까.

나의 싱거운 답에 아이는, "그렇죠, 살아 있으니까 살아야겠죠"라고 답했다.
그리고 이어진 대화에서 우리는 삶에 거창한 이유는 필요치 않다고, 그저 내가 살아 있음을 감각하며 매일

매일 잘 지나가면 되지 않겠냐고, 싱겁고도 뻔한 결론을 내렸다.

이렇게 잠들지 못하는 밤이면 그날의 대화가 종종 생각난다. 마흔이 되도록 왜 살아야 하는지 묻지 않은 채로 살았다. 삶을 의심하지 않고 지난 40년을 살 수 있었던 것은 축복이었다. 어떻게 살아야 할까? 무엇을 하며 살아야 할까? 뭐가 더 나은 삶일까? 그런 질문은 숱하게 했지만 '왜'라는 질문은 해 본 적 없었다. 그날, 아이가 삶의 이유를 물었을 때 '살아 있으니까'라고 답했던 것은 그때의 내가 할 수 있는 최선의 답이었다.

쇼펜하우어는 "인생은 고통과 권태 사이를 오락가락하는 시계추"라고 말했다. 그 문장을 처음 본 순간, 고통과 행복이 아닌 고통과 권태라는 말에 잠깐 의아해하다가 이내 고개를 끄덕였다. 권태가 특별할 것 없는 '일상'의 다른 말이라고 할 때, 삶은 분명 고통과 권태 사이에 있다. 우리는 아무 일도 일어나지 않는 평온한 상태를 대체로 지루하다고 느끼니까. 그 순간을 행복이라고 느끼는 사람이 과연 몇이나 될까.

일어나야 할 시간에 가볍게 일어나는 것, 매일 해야
할 일을 무리 없이 해내는 것, 정시에 출근하고 퇴근하
는 것, 때가 되면 밥을 먹고 커피 한 잔 마실 잠깐의 여
유를 누리는 것, 잠들 시간에 오래 뒤척이지 않고 잠드
는 것. 지극히 권태로운 삶이다. 하지만 그 삶에 작은
균열이라도 생기면, 그리하여 고통이라는 감각이 일상
을 파고들면 그 삶이 얼마나 행복한 삶이었는지 알게
된다. 문제는 고통이 수습되는 순간 이내 다시 권태로
워진다는 것이지만. 그러다 보면 또다시 일상을 벗어난
특별한 이벤트를 꿈꾸고, 이곳을 벗어나 저곳의 행복을
기웃거리며 권태로운 행복을 놓치고 만다.

한참을 쓰다 보니 반성문이 되었다. 다가올 월요일은
고통보다 권태에 가까운 날이다. 특별히 부당한 일을
감내해야 하는 날도 아니고, 특별히 미운 사람들과 함
께 보내야 하는 날도 아니다. 사랑하는 두 아이의 아침

을 챙기는 것은 엄마인 나의 오랜 일상이고, 수업과 업무는 그보다 더 오랜 나의 일상이다. 특별하지 않은, 그리하여 지극히 권태롭게 행복할 내일이다. 그럼에도 불구하고 불가능한 상상(이를테면 내일이 공휴일이면 좋겠다는 등)을 하며 애써 삶을 고통 속에 밀어 넣고 있었던 셈이다.

"살아 있으니까 산다."

그때, 아이에게 했던 답을 나 자신에게 다시 해 본다. 거창한 삶의 목표를 찾아 헤매지 않는다. 내일은 월요일이니까 출근하고 늘 그렇듯이 바쁘게 살 것이다. 그러다 보면 또 주말이 올 것이고, 주말은 쏜살같이 지나가 다시 월요일이 올 것이다. 지극히 권태로운 날 가운데서 작은 행복과 소박한 기쁨을 발견하며 매일을 잘 살아내는 것. 그것이 내가 살아가는 가장 단순하고도 명백한 이유일 것이다. 어쩌면 그것이야말로 가장 숭고한 이유일지도 모른다.

함께 쓴 사람들

강소영

잘생긴 갑천 씨와 단정한 혜옥 씨의 하나뿐인 딸입니다. 풍족하지 않았지만 부족하지 않은 사랑으로 자라난 그들의 자랑입니다. 슬픔을 마주하는 용기를 내어 愛 쓰는 시절을 통과하고 있습니다. 첫 단독 저서 『사랑이라는 시절』을 썼습니다.

인스타 @cindybookclub

브런치 http://brunch.co.kr/@cindybookclub

글짱(장윤희)

엄마의 자리가 버거운 날이면 책으로 도피했고, 감정이 피폐해질 때 글쓰기로 감정을 쏟아냈습니다. 치유 의미를 글쓰기에서 찾으며 『모든 밤은 헛되지 않았다』, 『우리는 육아가 끝나면 각자 집으로 간다』 두 권의 저서를 출간하고 작가로서 제2의 인생을 살고 있습니다.

인스타 @geul_jjang

브런치 https://brunch.co.kr/@wowkf1008

김소울

소울(疏鬱, 답답한 마음을 풀어내는 것)하는 글쓰기로 시작해 소울(Soul)이 충만한 사람으로 살아가기를 꿈꾸고 있습니다. 내 복에 살고, 내 멋에 사는 삶을 지향합니다. 저서로 『불혹, 옛사람의 치맛자락을 부여잡다』, 『목요일의 왈츠』(공저)가 있습니다.
블로그 https://blog.naver.com/genie1894

김병민

미래와 과거의 나와 대화하며 꿈을 이룬 것처럼 현재를 살아갑니다. 경북대학교에서 독어독문학 학사학위를 받았고, 같은 학교에서 인문카운슬링학 전공으로 철학 박사학위를 받았습니다. 일상을 소재로 사회철학 소설을 쓰고 있습니다. 대표작으로 『펭귄은 날지 않는다』가 있습니다.

김희영

아이와 함께하는 여백의 시간을 기록한 『언터치 육아』의 저자입니다. 16년간 학원 강사로 살다가 멈춤이 필요해 안식년을 선택했습니다. 빠르게만 흐르던 삶의 속도를 늦추며 나를 찾아가는 중입니다. 가족을 위해 따뜻한 한 끼를 짓고, 나를 위해 읽고 쓰며 삶을 기록하고 있습니다.

인스타 @dalkom_books

깊은별

2024년 『별똥별』을 발표하며 작품 활동을 시작했습니다.

인스타 @deepstar_writer

마음

일상에서 만나는 마음의 변화를 바라보기 시작했습니다. 무리하지 않고, 오늘 내가 할 수 있는 만큼만 살아 보려고 합니다. 그래서인지 요즘은 오늘이 가장 좋습니다.

인스타 @with_maeum

브런치 https://brunch.co.kr/@withmaeum

박성주

오늘도 어제처럼 여행을 이어 가고 삶의 기록을 이어 가는 여행 작가입니다. 저서로 『낯선 거리 내게 말을 건다』, 『우리가 중년을 오해했다』, 『다섯 시의 남자』가 있습니다.

인스타 @withpark22

블로그 https://blog.naver.com/diapark22

브런치 https://brunch.co.kr/@withpark22

박지윤

꿈 많고 철들고 싶지 않은 30대 직장인. 세계여행을 다녀온 뒤 여행 에세이 『마산에서 아프리카까지』를 출간했습니다. 평범한 삶을 살다가 글이 선물해 준 작가, 모임 운영, 출강처럼 무수한 삶의 가능성을 목도하고 있습니다. 불안함 속에서 설렘을 느낄 수 있는 삶을 위해 즐겁게 고군분투하고 있습니다.

블로그 https://blog.naver.com/myjy120

이재아

책을 읽고, 글을 쓰고, 운동을 하고, 바이크 타는 것을 좋아합니다. 강연을 하면서 저의 돌봄 경험을 나누고 작게나마 남에게 도움을 줄 수 있는 삶을 살려고 노력하고 있습니다.

『어느 날 아빠가 길을 헤매기 시작했다』를 출간했습니다.

인스타 @writer_jasmin

블로그 https://blog.naver.com/jjlong2906

여원

글쓰기가 꿈이던 제가 이렇게 글을 쓰고 있다는 것이 지금도 꿈만 같습니다. 늘 그려 왔던 환상의 세계를 담고 싶어 오늘도 한 줄 한 줄 이야기를 써 내려갑니다.

『저승서점』, 『어쩌면 당신의 이야기』(공저)을 출간했습니다.

인스타 @yeowon_soul

장현주

이른 나이에 시작한 투자로 꽤 큰 돈도 만져 보고, 방송과 강의로 잘나가던 사업가였습니다. 서른두 살 성공 가도에 섰을 때 더는 행복하지 않았습니다. 우연히 참석한 명상 모임에서의 경험으로 내면세계를 탐구하기 시작했고, 15년 동안 여러 나라를 돌아다니며 다양한 경험을 하면서 진정한 행복을 찾아가는 방법을 배웠습니다. 지금은 명상과 수행으로 행복한 삶을 살고 있습니다.

블로그 https://blog.naver.com/jhj_00(더 담빛)

최이정

현실 지향, 생활 밀착형 글을 씁니다.

평범한 일상과 무탈한 하루가 소중하고 고맙습니다.

소설 『거의 완벽한 가족』

에세이 『목요일의 왈츠』(공저)를 출간했습니다.

인스타 @nice_u_22

브런치 https://brunch.co.kr/@oeso0621

블로그 https://blog.naver.com/ejung_writer

허서진

낮에는 고등학교에서 국어를 가르치고, 밤에는 골방에서 글을 씁니다. 가르치는 일만큼이나 쓰는 일을 사랑합니다. 오래 쓰는 사람이 되어, 오래 읽히는 글을 쓰고 싶습니다. 『엄마만으로 완벽했던 날들』, 『쓰다 보면 보이는 것들』, 『시의 언어로 지은 집』, 『다정한 교실은 살아 있다』를 출간했습니다.

브런치 https://brunch.co.kr/@mamajin

희원(喜園, 윤은경)

공부가 제일 쉽고 재미있어 IT 사업을 하면서 여전히 교육과 철학을 공부하고 있습니다. 둘째를 가졌을 때 서예를 하며 스승님께 받은 이름 '喜園'의 뜻처럼 많은 이가 편히 쉴 수 있는 '기쁨 가득한 동산' 같은 사람이 되고 싶습니다. 『고전하다 고전읽다』를 출간했습니다.

인스타 @sandra.yun.1313

페이스북 https://www.facebook.com/sandra.yun.50

괜찮은 하루

초판 1쇄 발행   2026년 1월 15일

지은이
강소영 · 글짱 · 김소울 · 김병민 · 김희영 · 깊은별 · 마음 · 박성주
박지윤 · 여원 · 이재아 · 장현주 · 최이정 · 허서진 · 희원

펴낸이 김수영
경영지원 최이정 · 박성주 **마케팅** 박지윤 · 여원
브랜딩 박선영 · 장윤희 **교정.교열** 김민지
표지 디자인 디자인스튜디오 마음

펴낸 곳   담다
출판등록   제25100-2018-2호 (2018년 1월 9일)
주소   대구광역시 달서구 문화회관길 165, 대구출판산업지원센터 402호
이메일   damdanuri@naver.com
인스타   @damda_book
블로그   blog.naver.com/damdanuri

ISBN   979-11-89784-58-4 (03810)

도서출판 담다는 생각과 마음을 담은 원고 투고를 기다리고 있습니다. 작가의 꿈을 이루고
싶은 분은 이메일 damdanuri@naver.com으로 출간기획서와 원고를 보내주세요.

도서출판담다